韓國의 漢詩 24

思菴 朴淳 詩選

한국의 한시 24

사암 박순 시선

허경진 옮김

평민사

 머리말

　사암 박순은 명종 8년 문과에 장원급제한 뒤 30여 년 동안 벼슬하면서 영의정을 10년 가까이 지낸 전형적인 관료 문인이다. 명나라 사신 장조가 그를 만나보고는, "송나라 인물에다 당나라 시풍을 지녔다"고 칭찬할 정도로, 그는 관료와 학자와 시인의 풍모를 아울러 지닌 인물이다. 영의정을 10년이나 지낸 뒤에 경치가 좋은 포천으로 물러나 산수를 즐기며 유유자적하게 살았으니, 남들이 부러워할 만한 한평생을 살았던 시인인 셈이다.

　그는 화담 서경덕에게 글을 배워 율곡과 이기의 문제를 논하기도 하였으며, 동문수학하였던 초당 허엽과는 서인과 동인의 영수로 갈라져 당파싸움을 벌이기도 하였다. 그는 강직한 언론으로 외척 윤원형을 제거하면서 사림의 기반을 잡고 정계의 핵심에 자리잡게 되었는데, 그의 주변에 젊은 관료들이 모여들어 자연히 서인의 영수가 되었던 것이다.

　그가 정계와 문단의 중심에 있었으므로 그의 주위에는 젊은 문인과 관료들이 많이 모여들었는데, 그는 손곡 이달에게 당나라 시를 배우라고 권하였다. 그전까지는 성리학의 영향으로 대부분 송나라 시를 즐겨 배웠는데, 이달의 친구 백광훈·최경창 등이 모두 이달을 따라 당나라 시를 배우면서부터 이러한 풍조가 당시 문단의 흐름이 되었다. 박순 자신도 후기에 들어오면서 당나라 시풍으로 시를 지었음은 물론이다. 벼

슬에서 물러난 뒤에는 포천의 아름다운 경치를 즐기며 강호
시를 많이 지었다.

　그는 당대의 문단을 이끄는 대제학에 임명되었지만, 퇴계
가 자기보다 학문이나 덕행이 뛰어난 것을 알았기에 대제학
직을 퇴계에게 돌렸다. 15년이나 재상을 지내면서도 서울에
집 한 칸 없었고, 땅 한 마지기 늘어난 것이 없었다고 하니,
그의 관료 생활이 청렴했음을 알 수 있다.
　그는 딸만 하나 두었을 뿐 후손이 없었던 데다 그가 세상을
떠난 지 3년 뒤에 임진왜란이 일어났으므로, 그의 시들은 거
의 다 흩어졌다. 그가 세상을 떠난 지 60여 년 뒤에야 외증손
이문망에 의해서 《사암선생문집》 6권 2책이 간행되었으며,
그로부터 다시 200여 년이 지난 뒤에 중부 박상의 후손들이
부록 1권을 덧붙여 7권 3책의 문집을 중간하였다. 고시·절구
·율시의 순서로 편집되었는데, 456수가 실려 있으며, 그 가
운데 353수가 7언시이다.

　1998년 정월에
　허경진

차례

칠언절구

부록

칠언고시

思菴
朴淳

어부사

漁父辭

산골 백성은 짐승을 소중히 여겨 뽕나무 활을 울리니
물고기 좋아하는 건 오직 남쪽으로 내려온 이 늙은이뿐일세.
가늘디가는 명주실로 작은 그물을 짜가지고
맑은 물 속에서 옥비늘 고기를 막아서 잡네.
가벼운 칼로 밸 따는 곳에 물소리 차가운데
바윗돌 위에 푸른 산 음식과 마주앉았네.
지난날에는 장안 시장바닥에서 물고기를 구했는데
썩은 냄새가 아직까지도 눈살을 찌푸리게 하네.

山民重獸鳴桑弓、　　好魚獨有南來翁。
纖纖繭絲結短網、　　遮得玉鱗澄潭中。
輕刀割處水聲寒、　　石上坐對靑山餐。
向日覓魚長安市、　　腐臭至今令眉攢。

감회가 있어

有感

강가에 사는 늙은이를 그 누가 기억하랴
담도 무너지고 풀에 덮여 명아주 침상에 누워 있네.
덥다가 차갑다가 변덕이 많아 병 들기 쉬운데
며칠 동안 먹지 않았더니 창자까지 아프네.
의원이 풀 썰듯 약을 썰어 주었건만
깨진 노구솥에 달이려 했더니 대추와 생강이 없구나.
곤히 자며 뒤척이느라 밤과 낮이 뒤섞였는데
등에가 살을 물면 창에 찔린 것 같네.
내 생애가 만물에 따라다님을 면치 못해
강남에서고 강북에서고 시름이 아득하네.

江邊老翁誰記憶、　　草沒毀垣臥藜床。
炎涼氣多病易侵、　　數日不餐痛在腸。
官醫剉藥如剉草、　　破鐺煎取無棗薑。
困眠轉輾錯昏晝、　　野蝱口币肌同被槍。
此生未免隨萬物、　　江南江北愁茫茫。

길가의 돌사람

路上石翁仲

돌을 깎아 사람을 만들었는데 머리가 자라 같네.
산자락 누런 초가지붕 오두막집에 서 있네.
어느 시대에 처음 만들었는지 모르겠지만
얼굴이 사나운 데다 괴상하고도 거치네.
들불이 태우지 않고 천둥 번개도 남겨 두어
고집스레 길을 막고 오랫동안 미혹시켜 왔네.
산도깨비와 나무도깨비가 와서 의지하고
비바람 울부짖는 날이면 뭇 요물들이 모여드네.
아마도 예전엔 무덤 앞의 석물이었겠건만
속말로 와전되어 미륵이라고 부르네.
나그네들이 각기 바라는 게 있어 비는데
사람들은 쌀과 비단을 바치고 말은 갈기를 자르네.
앞사람이 지나자마자 뒷사람이 잇달아 와서
어지럽게 큰절하고는 공손하게 복을 비네.
복전의 이익은 끝내 아득키만 한데
항상 많은 제물 받고도 얼굴엔 부끄러움이 없네.
그 누가 혀를 떨쳐서 하늘에 외치랴
하늘 밖으로 내던져 이 더러운 놈을 깨끗이 치워 달라고.

斲石作人頭如黿、黃茅小屋依山足。
不知創造何年代、面目獰怪而粗惡。
野火不燒雷電遺、頑然當路迷浩劫。
山魈木魅來相依、雨嘯風號衆妖集。
恐是往世墓前物、俗語轉訛稱彌勒。
行旅祈禳各有求、人施米帛馬剪鬣。
前者纔過後者繼、紛紛拜跪致恭肅。
福田利益終杳茫、恒受厚享顔不忝。
誰能奮舌叫九閽、請擲天外淸穢慝。

명나라 사신 성헌의 김효녀 시에 차운하다
次成天使憲金孝女韻

효녀가 이미 죽고 벌써 몇 년이 지나
옛비석이 풀 속에 누웠건만 사람들은 여전히 가리키네.
영령은 아득히 어디에 있는지
산마루에 해 떨어지고 시름겨운 구름만 이네.
어머니 병을 고치려 스스로 살을 베었으니
살던 곳을 만고에 인리(仁里)라고 부르네.
지극한 효성이 하늘과 더불어 길이길이 알려질 테니
꽃다운 행실을 전하려고 청사에 쓸 필요도 없네.
외로운 무덤에 이따금 나무꾼 늙은이가 절하지만
시냇가 마름 처량한데 그 누가 제물로 바치랴.
언덕에는 나뭇잎 우수수 떨어지고 들새가 우니
적적한 촌길에 가을이 쓸쓸해라.
인간 세상에 어찌 이처럼 쓸쓸한 곳에 묻히게 해서
두 줄기 눈물을 이 여인에게 뿌리지 못하게 했나.
천하의 부를 누리면서도 봉양할 일을 생각지 않아
남내의 천자는 부자간에도 떨어져 있었네.[1]

■
1) 남내는 섬서성 장안현 동남쪽에 있던 당나라 시대의 흥경궁인데, 당나
라 숙종이 아버지 현종을 남내에 유폐했었다.

그래서 김씨 효녀의 이름이 더욱 빛나니
남자라도 그 누가 감히 이 여인에게 견주랴.

孝女已歿今幾載、　　古碑橫草人猶指。
英靈冥漠在何處、　　山椒落日愁雲起。
欲療母病自割肌、　　遺墟萬古稱仁里。
至誠可與天悠久、　　流芳不待書靑史。
孤墳時有樵翁拜、　　澗蘋凄涼誰薦只。
隴木蕭蕭野禽哭、　　村蹊寂寂秋蕪靡。
人間何限寥落境、　　雙涕無從灑此女。
富有天下不顧養、　　南內重華隔父子。
所以金女名更輝、　　悠悠男子誰敢擬。

■

755년에 안록산이 반역하자 그 이듬해에 현종이 장안을 탈출했는데, 군
사들의 마음을 위로하기 위해 6월 14일 마외파에서 양귀비를 처형하고,
곧 태자 이형을 천하병마원수로 삼아 장안과 낙양을 탈환하게 하였다.
그러나 태자는 이 조서가 하달되기도 전인 7월 12일 영무에서 독단으
로 즉위하여 연호를 지덕으로 정했으니, 이가 바로 숙종이다. 숙종이 그
사실을 통지하자, 현종이 옥새를 아들에게 보내 정식으로 제위를 넘겨
주었다.

오언절구

思菴
朴淳

삼가 강릉을 살펴보고 감회가 있어 짓다
奉審康陵有感

높다란 능에 찾아와 거듭 눈물 뿌리니
소나무와 잣나무는 벌써 푸르게 자랐건만,
취로정 앞의 꿈은
아직도 옛 그대로 아득하구나.[1]

喬陵重灑淚、　　　松栢已蒼烟。
翠露亭前夢、　　　依然更杳然。

---

* 강릉은 서울특별시 도봉구 공릉동에 있는 명종(1534∼1567, 재위 1545
∼1567)과 인순왕후 심씨의 능인데, 사적 제201호이다.
1) (경복궁) 후원에 새로운 정자를 낙성하였다. (공사를 맡았던) 제조 금천
군 박강·동지중추원사 김개 등에게 잔치를 내려 주고, 또 일꾼들에게
술을 내려 주었다. 이름을 '취로정'이라 하고, 앞에 못을 파서 연꽃을 심
게 하였다.《세조실록》2년 3월 5일(갑술)
　　경복궁 후원에 서현정·취로정·관저전·충순당이 있었는데, 모두 임진
란에 불타 버렸다. -《동국여지비고(東國輿地備攷)》권1〈경도(京都)〉
원유조
　　〈취로정〉시와 그 사연은 뒤에 실려 있다.

효릉을 고쳐 쌓고서 느낌이 있어
修改孝陵有感

창생들은 두 성인을[1] 생각하고
석마는 빈 언덕을 지키네.
들풀은 더없이 무정해
우수수 하면서 또 가을을 보내네.

蒼生思二聖、　　　石馬守空丘。
野草無情極、　　　蕭蕭又送秋。

■
* 효릉은 경기도 고양군 원당읍 원당리에 있는 인종(1515~1545, 재위
  1544~1545)과 인성왕후 박씨의 능인데, 사적 제200호이다. 이곳에 희
  릉과 예릉도 함께 있어, 이 능들을 합쳐서 흔히 서삼릉이라고 부른다.
1) 효릉에 묻힌 인종과 인성왕후를 가리킨다. 인성왕후는 선조 10년(1577
  년)에 죽어 효릉에 합장되었다.

청안현에서 자다
宿淸安縣

아무도 없는 섬돌에는 달빛만 맑게 비치고
하늘에선 우수수 나뭇잎이 떨어지네.
작은 연못에는 흰 오리 한 쌍이
시든 연잎 곁에서 한가롭게 잠자고 있네.

淡淡空階月、　　蕭蕭落木天。
小池雙白鴨、　　閑傍破荷眠。

밤이 추워져 오똑하니 앉았는데
그윽한 여관에는 등불만 외롭구나.
푸르스름한 못 위의 달이
이지러진 연잎에다 시름을 보태 주네.

■
* 재상어사(灾傷御史)로 나갔을 때에 지었다. (원주)
　 재상어사는 홍수나 가뭄을 만난 백성들을 위로하러 파견되었던 어사인
　 데, 사암이 1560년 가을에 호서지방 재상어사로 파견되었다.
** 청안현은 지금의 충청북도 괴산군 청안면 지역에 있던 조선시대의 현인
　 데, 고려시대의 청당현과 도안현을 합친 이름이다. 고종 32년(1895년)에
　 군으로 승격했다가, 1914년 괴산군에 합쳐졌다. 청안현의 동헌과 향교가
　 지금도 남아 있다.

兀坐初寒夜、　　　孤燈旅舘幽。
蒼蒼池上月、　　　添却敗荷愁。

새벽 서리는 눈같이 두텁고
떨어지는 나뭇잎은 다투어 흩날리네.
나그네길이 오래 되니
고향은 꿈속에서도 멀구나.

晨霜厚如雪、　　　木落競飄飆。
客況途中久、　　　鄕關夢裏遙。

낙엽

落葉

태어날 때부터 깊고 얕음이 있어
떨어지는 것도 그에 따라 차이가 있네.
이제야 알겠구나, 하나의 원기가 다하면
뭇 동물도 역시 이와 같으리라는 것을.

生成有深淺、　　零落自差池。
方知一元盡、　　群動亦如斯。

향림사 스님에게 드리다

贈香林僧 二首

절간이 도회지에 가까워
구름 길에 티끌 세상의 시끄러움을 떠었네.
많은 나그네들을 맞고 보내면서도
스님의 선심은 언제나 고요하구나.

花宮近城市、　　　雲路帶塵囂。
迎送幾多客、　　　禪心恒寂寥。

본래 티끌세상을 버리려고
지초를 먹고 흰구름에 누웠건만,
어찌하여 새벽에 거울을 들여다보면
수염과 귀밑머리에 눈발이 어지러운가.

本欲遺塵境、　　　餐芝臥白雲。
如何臨曉鏡、　　　鬚鬢雪紛紛。

■

* 향림사는 서울 삼각산에 있던 절인데, 고려 태조의 관을 두 차례나 모셨
　던 곳이다.

영연대
泠然臺

뜬구름 밖에 홀로 서서
아득히 푸른 하늘만 바라보네.
열흘이 오히려 짧기만 해서
오래오래 영연대에 기대어 있네.

獨立浮雲外、　　　蒼蒼只見天。
還嫌旬日促、　　　長自倚泠然。

초학대
招鶴臺

한가롭게 천상의 학을 부르자
저녁 구름을 날아서 넘어가네.
나도 그 등에 타고서
훨훨 날아가 옥황상제[1]를 뵙고 싶어라.

閑招天上鶴、　　　飛度暮雲長。
我欲騎其背、　　　飄飄謁紫皇。

---

1) 자황(紫皇)은 하늘나라 자미궁(紫微宮)에 있는 옥황상제를 가리킨다.

스님의 시축에 쓰다

題僧軸

홀로 누웠노라니 쑥대밭처럼 어두운데
그대가 와서 흥겨움이 더해졌네.
이 몸은 백거이 같아[1]
속세 밖의 친구들 가운데 스님이 많네.

獨臥蓬蒿暗、　　　渠來意味增。
此身如白傅、　　　方外友多僧。

바다 위에는 산이 그림 같고
하늘 끝에는 기러기가 스스로 돌아오네.
한스럽게도 자연을 즐기는 버릇이 없어
머리 희어지도록 그대로 돌아다니네.

海上山如畵、　　　天邊鴈自廻。
恨無烟霧質、　　　頭白尙低徊。

■

1) 백거이가 태자소부(太子少傅)를 지냈으므로 백부(白傅)라고 하였는데,
   스님 친구들이 많았다.

어지러운 구름은 끊겼다 이어지고
차가운 달은 광채가 적네.
세밑인데도 혼자 누웠노라니
스님이 와서 대사립문을 두드리네.

亂雲多斷續、　　　寒月少光輝。
歲暮堪孤臥、　　　僧來扣竹扉。

산으로 돌아가는 길을 알긴 하지만
부질없는 인생은 그대로 쉬지를 않네.
여지껏 산 속에 묻혀 살려던 생각이
한 해가 저물며 더욱 아득해지네.

知有歸山路、　　　浮生自不休。
從來碧雲思、　　　歲晚更悠悠。

강가에서
江上

숲속 깨끗한 곳에 홀로 앉아
들판을 내다보며 길게 읊조리네.
강물이 평평해서 돛단배가 널찍이 지나가고
산이 멀어서 새는 돌아가기가 더디네.

獨坐林間淨、　　　長吟野望時。
江平帆去濶、　　　山逈鳥歸遲。

봄제비

春鷰 二首

봄 제비, 또 봄 제비들이
해마다 스스로 돌아오네.
주인의 사랑이 미처 끝나지 않아
또다시 옛둥지를 향해 날아가겠지.

春鷰復春鷰、　　年年自得歸。
主人恩未畢、　　還向舊巢飛。

사일[1]에 봄이 와 따뜻하고
미나리 진흙밭도 비 온 뒤에 향그럽네.
발을 말아올리기에는 지금이 좋으니
그래야 들보에 들어오기가 쉽겠지.

社日春來暖、　　芹泥雨後香。
捲簾今亦好、　　容易入雕梁。

---

1) 춘분과 추분에서 가장 가까운 무일(戊日)이다. 입춘 뒤 다섯 번째 무일
을 춘사일(春社日)이라 하고, 입추 뒤 다섯 번째 무일을 추사일(秋社日)
이라 한다. 춘사일에는 곡식이 잘 자라길 빌고, 추사일에는 잘 거둬들인
것을 감사한다. 춘사일에 제비가 왔다가 추사일에 돌아간다.

집에서 기르는 학

家鶴

오랫동안 망가졌는데도 깃은 여전히 희고
노상 굶는데도 머리끝은 더욱 붉구나.
훨훨 하늘 밖을 날아다닐 생각 품고서
축계옹[1]이나 쫓아다니려니 부끄러워라.

久鍛羽猶白、　　　恒飢頂更紅。
飄飄天外意、　　　羞逐祝鷄翁。

---

1) 중국 진나라 때의 낙양 사람인데, 닭 천여 마리를 길렀다. 각기 이름을
　 지었는데, 이름을 부르면 그 닭이 나왔다고 한다. 여기서는 고고한 학이
　 닭들 사이에 있기가 부끄럽다는 뜻으로 썼으니, 군계일학(群鷄一鶴) 같
　 은 자신을 가리킨다.

수진 스님에게 드리다

贈守眞比丘 二首

발자취는 은둔한 사람이 아니건만
몸은 물과 구름 마을에 붙이고 사네.
오솔길 풀은 스님이 오면서 스치고
고기잡이 배는 학이 디더서 뒤집히네.

跡非棲遁客、　　　身寄水雲村。
徑草僧來拂、　　　漁舠鶴踏飜。

참선하는 바위에 달빛이 희고
빌어먹는 마을에 꽃이 밝아라.
오가는 사이에 그대는 저절로 늙고
회겁[1]에 세상이 자주 바뀌네.

月白安禪石、　　　花明乞食村。
往來渠自老、　　　灰劫世頻飜。

■
1) 인간계의 업화(業火)가 타고 남은 것인데, 세상의 큰 변화를 가리킨다.

나그네가 오다

客至 二首

촌 시장 술이라 탁하기만 한데
그런데도 그대에게 한잔 권하네.
묻혀 사는 곳이 참으로 쓸쓸하니
그대가 다시 오길 감히 바라랴.

村市酒偏濁、　　　　勸君聊一盃。
幽居誠簡略、　　　　敢望客重來。

집안엔 볼 만한 물건이 없고
산 속이라 겨우 구름만 보이네.
너무 부끄러워라, 반가운 손님과 마주앉아
하루 내내 글만 가지고 따지다니.

屋裏無餘物、　　　　山中只見雲。
深慚對佳客、　　　　終日但論文。

닭을 기르며 장난삼아 짓다
養鷄戱題

어찌 묶어서 시장에 내다 팔랴.
이놈들을 길러서 벌레나 쪼아먹게 하겠네.
예전엔 서봉루1)의 나그네였는데
지금은 닭이나 치는 늙은이가 되었구나.2)

肯縛賣於市、　　養渠從啄蟲。
昔爲棲鳳客、　　今作祝鷄翁。

<hr>

1) 궁궐 안 옹천문 동쪽에 있었다. 서봉루 식객이라는 말은 벼슬살이를 했
　다는 뜻이다.
2) 37쪽 주 참조.

입으로 부르다

口號

세상길에는 진흙탕이 많아서
언덕으로 돌아와 구름 속에서 자네.
내가 어찌 하랴. 여러 사람의 입을 따라서
혀를 태우듯 탄식이나 해야 하다니.

世路多泥濘、　　歸眠一塢雲。
焉能隨衆口、　　嗟咄舌如焚。

이 고장에 범이 많아서 장난삼아 짓다
地多虎豹戲題 二首

산이 깊어 사나운 짐승이 많으니
이치를 살펴봐도 성낼 것이 없네.
내 이미 인간 세상을 멀리 떠났으니
어찌 호랑이굴과 이웃하기를 사양하랴.

山深多猛獸、　　　常理不須嗔。
已去人間遠、　　　寧辭虎穴隣。

밤에도 낮처럼 빨리 보니
위엄이 온갖 짐승들에게 더해지네.
숲이 깊어 요괴가 많은데
네 덕분에 산문이 숙연해지네.

疾見夜如晝、　　　威加百獸群。
林深足妖怪、　　　憑汝肅山門。

취로정

明廟嘗於九月出御翠露亭引書堂官講書製詩
賞給有加親執靑鍾滿酌以飮之皆迷醉日暮罷
出各賜白蠟大燭家觀者榮之倏忽已踰三紀泫
然口號

취로정 안에서 꿈을 꾸었는데
어느새 사십 년이 지났네.
이제는 오직 끝없는 눈물만 남아
오봉 안개 속에 홀로 누워 있구나.

翠露亭中夢、　　　依依四十年。
惟餘無限淚、　　　獨臥五峯烟。

■
* 원제목이 길다. 〈명종께서 구월 어느날 취로정에 납시어, 서당관을 불
러 책을 강론하고 시를 짓게 한 뒤에 상급을 내리셨다. 그리고는 친히
푸른 종지를 잡고 가득 따라서 마시게 하였다. 모두 정신 못 차리게 취
했는데, 해가 저문 뒤에야 끝마치고 나갔다. 이들에게 각기 흰 밀랍으로
만든 큰 초를 내리자, 보는 자들이 영광스럽게 여겼다. 눈 깜짝할 사이
에 이미 삼 기가 지나, 눈물을 흘리며 (이 시를) 입으로 읊는다.〉
1599년에 있었던 일인데, 사암도 이때 참석하였다. 1기는 12년이니, 3
기는 정확하게 36년이다.

백운산 일원 스님이 과일 두가지를
보내 주어 시로 답하다

白雲山一元上人遺以二果詩以答之 二首

손수 잣을 따고는
감까지도 곁들였네.
물건만 오고 사람은 오지 않아
멀리 흰구름 끝에 감사드리네.

手採海松子、　　　槙蚓卵亦兼。
物來人不到、　　　遙謝白雲尖。

열다섯에 모든 얽매임을 끊어 버리고
마음을 가다듬어 선업을 닦았네.
드러내 놓고 중 노릇한들 무엇이 거리끼랴
그래도 세상에 묻혀 사는 것보다는 나으리라.

十五斷拘攣、　　　冥心修白業。
何嫌赤灑灑、　　　猶勝世沈陸。

윤 상사가 조와 박을 보내 주어 감사하다
謝尹上舍粟瓢之惠 二首

가을밭에 이제는 씨앗이 없어
가난한 살림에 구해대지 못하고 괴로워했는데,
자루에 가득 수고롭게 보내 주어서
누런 구름[1] 보기를 기대하게 되었네.

秋田今缺種、　　　懸磬苦難資。
滿斛煩相送、　　　黃雲見有期。

어찌 반드시 위왕의 박 종자만[2] 필요하고
누가 은둔한 선비의[3] 물그릇을 좋아하랴.
본래 천 금 값어치가 있는 것을
이 늙은이에게 가져다 주었네.

■
* 초시에 합격한 생원이나 진사를 상사라고 하였다.
1) 가을철에 누런 이삭을 보게 되었다는 뜻인데, 황금물결과 같은 뜻이다.
2) 혜자가 장자에게 말하였다.
　　"위왕이 내게 큰 박씨를 주기에 그것을 심었더니, 자라서 다섯 섬들이
　　열매가 열렸더군요. 물을 담자니 무거워서 혼자 들 수가 없고, 쪼개어
　　바가지를 만들자니 펑퍼짐하고 얇아서 쓸모가 없었습니다. 휑뎅그레 크
　　기만 컸지 아무데도 쓸모가 없다는 생각이 들어서, 그것을 부숴 버리고
　　말았습니다." -《장자》〈소요유(逍遙遊)〉
3) 원문의 갈관은 은자가 쓰는 관이다. 은자는 박으로 만든 호리병을 물병
　　으로 가지고 다닌다.

45

何須魏王種、　　誰愛鶡冠壼。
素是千金直、　　提携到老夫。

귀화한 오랑캐의 집에서 자다
宿向化人家

그대는 백두산 북쪽에 살던
청해1) 달빛 속의 사람이었지.
왜 남쪽으로 왔는지 물었더니
호숫가 모래밭에선 봄을 볼 수 없어서라네.

白頭山北住、　　　青海月中人。
問汝南來意、　　　湖沙不見春。

＊ 원제목의 향화인은 조선에 귀화한 변경 이족을 가리킨다.
1) 중국 청해성 동북쪽에 있는 큰 호수이다.

산사람에게 지어 주다

贈山人

산 속의 경치를 알지 못해서
봄날 경치를 태사에게 물었네.
아름다운 꽃은 이미 두루 피었고
나그네가 더디 오는 것만 한스러울 뿐이라네.

未識山中景、　　　春光問太師。
好花開已遍、　　　惟恨客來遲。

박공에게 지어 주다
贈朴公

내 귀밑머리에 눈발이 덮이기 시작하고
그대 얼굴은 이미 봄빛을 잃었네.
우리 상종할 날도 얼마 남지 않았으니
돌아가서 나란히 밭 가는 사람이 되세나.

我鬢初成雪、　　君顔已失春。
相從期不遠、　　歸作偶耕人。

■
* (이름은) 한유이다. (원주)

영평 시냇가 돌에 쓰다
題永平溪石

길은 천 겹 돌 사이로 숨어 버리고
몸은 한 조각 구름을 따라가네.
아직도 돌아갈 계획이 늦어진다고 변명하니
흰머리 되어서야 무리에서 떠나가겠네.

路隱千重石、　　　身隨一片雲。
還嫌歸計晩、　　　白首始離群。

■

* 영평은 경기도 포천시 영중면·일동면·이동면·영북면 지역에 있던 조
  선시대의 현이다. 태조 3년(1394년)에 설치했으며, 광해군 10년(1618
  년) 이곳에 경기도 감영을 새로 만들면서 포천과 합쳐 대도호부가 되
  었다. 인조 때 다시 영평과 포천으로 나뉘어졌다가, 1914년에 포천군과
  합쳐졌다.

성연의 시권 가운데 임석천의 시에 차운하다
性衎詩卷中次林石川億齡韻

소 타고 시냇가를 지나가노라니
조용한 가운데 시냇물만 시끄럽구나.
묵은 안개는 여전히 버들가지 속에 숨어 있고
밥 짓는 연기는 아직도 마을에서 일어나지 않네.

騎牛過溪去、　　　溪水靜中喧。
宿霧猶藏柳、　　　炊烟未起村。

■

* (석천의 이름은) 억령이다. (원주)
** 임억령(1496~1568)의 자는 대수(大樹)이고, 석천은 호이다. 눌재 박상
  의 문인인데, 중종 20년(1525년) 문과에 급제하여 강원도 관찰사와 담
  양부사를 지냈다. 그의 제자 김성원이 그를 위해서 식영정을 지었는데,
  송강 정철이 이 정자에서 앞산(성산)을 바라보며 〈성산별곡〉을 지은 것
  으로 유명하다. 을사사화를 일으킨 아우 임백령이 그에게 공신녹권을
  보내자, 그는 녹권을 불살라 버리고 벼슬도 버렸다.

지사 황정욱이 술을 가지고 들르다

黃知事廷彧携酒而過

술 싣고 오느라고 경윤이 애썼으니
외진 곳에다 초가집 지은 것이 부끄럽구나.
앞 여울에 가을비가 내린 뒤라서
물이 비단 안장에까지 차올랐네.

載酒勞京尹、　　誅茅愧地偏。
前灘秋雨後、　　水及錦鞍韉。

* (황 지사의 이름은) 정욱이다. (원주)
** 황정욱(1532~1607)의 자는 경문(景文)이고, 호는 지천(芝川)이다. 명
종 13년(1558년) 문과에 급제하여 여러 판서를 거쳤으며, 조선왕실의
종계(宗系)가 중국 책에 잘못 기록된 것을 고쳐서 광국공신(光國功臣)
1등에 오르고 장계부원군에 봉해졌다. 그가 1584년에 동지중추부사가
된 뒤에 이 시를 지은 듯하다. 그러나 임진왜란 때에 임해군을 모시고
함경도로 피난갔다가 회령에서 아전 국경인이 반역해 가토오 히데요
시에게 붙잡혔는데, 이때 항복문서를 쓴 죄 때문에 뒷날 길주에 유배
되었다.

납상정 시에 차운하다

次納爽亭韻

강가의 정자는 대나무에 의지해 섰고
문 앞의 들판은 하늘에 닿아 있네.
한백년 일 없는 나그네는
술만 있으면 곧 즐거워지네.

江上亭依竹、　　門前野接天。
百年無事客、　　有酒卽陶然。

우연히 읊다

偶吟

노나라 들판에는 기린이 가버리려 하고[1]
주나라 산에는 봉새가 오지를 않네.[2]
문장이 슬프게도 다되어 버렸으니
천지 사이에 나 홀로 어정거리네.

魯野麟將去、　　　周山鳳不來。
文章嗟已矣、　　　天地獨徘徊。

■
* 이하 4수는 어릴 때에 지었다. (원주) (이 책에는 이 시만 실렸다.)
1) (노나라 애공) 14년 봄에 서쪽 지방에서 사냥하다가 기린을 잡았다. -
《춘추》제27권 〈애공 상〉
　14년 봄에 애공이 노나라 서쪽 지방인 대야(大野)에서 사냥했는데, 손
숙씨의 수레를 몰던 서상이 기린을 잡았다. 그들은 상서롭지 않은 동물
이라고 생각해, 사냥터의 관리인인 우인(虞人)에게 주었다. 그러자 공자
가 이것을 보고 "기린이다"고 했으므로, 비로소 기린의 가치를 알게 되
었다. 기린은 성왕의 시대에 나타나는 상서로운 동물이지만, 적당하지
않은 시대에 나타난 데다, 우인이 이를 죽인 것도 상서롭지 못한 일이었
다. 그래서 공자가 탄식하면서《춘추》집필을 중지하였다.
2) 공자가 말했다.
　"봉황도 날아들지 않고, 황하에서 그림도 나오지 않으니, 내 일생도 아
마 끝장이 난 모양이구나." -《논어》제9 〈자한(子罕)〉
　봉황은 신성한 새인데, 천하가 태평해지면 나타난다고 하였다. 또 성인
이 천명을 받으면 황하에서 그림이 나온다고 하였다.

칠언절구

思菴
朴淳

직장 송대립의 시에 차운하다

次宋直長大立韻 二首

명예가 잠시 비린내를 피면 도는 도리어 막히니
자기를 자신 밖에다 버려 일마다 모두 공허해지네.
한 해가 저물 무렵 마음의 기약 있는 곳을 알려고 하면
골짜기에 누워 있는 저 푸른 소나무를 보게나.

名暫羶香道反窮。　　　己抴身外事皆空。
欲知歲晚心期在、　　　看取蒼蒼臥壑松。

* 직장은 의금부와 상서원 등의 30여 개 중앙부서에 있었던 종7품 벼슬
  이다.
** 송대립의 자는 사강(士强)이고, 호는 외암(畏庵)인데, 사암의 문인이
  다. 선조 6년(1572년) 성균관의 천거로 벼슬길에 올랐으며, 사암의 벗인
  이율곡의 천거로 지평이 되었지만, 정릉 복위를 주장하다가 물러났다.
  뒤에 배천군수를 지냈다.

세밑이 쓸쓸해 문 깊이 닫았는데
눈이 뜨락의 풀을 묻어 버리고 밤 추위가 파고드네.
붉은 대문 안에선 수탄[1]불이 봄날 따뜻함을 가져오지만
원생이 홀로 누워 있는 마음을 어찌 움직이랴.[2]

歲暮蕭條閉戶深。　　　雪埋庭草夜寒侵。
朱門獸火回春暖、　　　豈動袁生獨臥心。

---

1) 탄가루를 짐승 모양으로 빚어 만든 숯인데, 값이 비싸다.
2) 한나라 사람 원안(袁安)의 자는 소공(邵公)인데, 사람됨이 엄중하고 위
   엄이 있었다. 벼슬하기 전에 낙양에 큰 눈이 내려 곡식이 떨어지자, 많
   은 사람들이 나와서 밥을 빌었다. 그러나 원안만은 뻣뻣이 누워서 일어
   나지 않았다. 낙양령이 순시하다가 그의 집에 이르러 그를 보고는 어질
   게 여겨, 조정에 효렴(孝廉)으로 천거하였다. 여러 고을의 수령을 거쳐
   사도(司徒) 벼슬을 지냈는데, 두태후가 정권을 뒤흔들었지만 충심으로
   정의를 지키고 타협하지 않았다. 그래서 임금과 대신들이 모두 그를 믿
   고 의지하였다. 《후한서》 권75에 그의 열전이 실려 있다.

견 스님에게 드리다

贈堅上人

오랫동안 은혜의 물결에 목욕하며 이 마음을 부렸기에
새벽닭 우는 소리에 조복의 관비녀를 꽂네.[1]
강남 들판의 집은 이제 황폐해졌지만
그래도 산 속 스님에게 대숲을 보살펴 달라고 부탁하네.

久沐恩波役此心。　　　曉鷄聲裏戴朝簪。
江南野屋今蕪沒、　　　却倩山僧護竹林。

---

1) 전원에 집이 있어도 돌아가지 못하고, 아직 벼슬에 있기에 새벽부터 조
정에 나아갈 준비를 하는 것이다.

현등산으로 돌아가는 벗을 배웅하다

送友人歸懸燈山

닭벌레 같은 득실로 인심이 천 번이나 변하고
바람 앞의 등불 같은 인생은 꿈이나 매한가지일세.
아득히 혼자서 산길을 찾아가면
옷에는 가을잎 가득하고 돌 침상이 차가울 테지.

鷄蟲得失雲千變。　　風火生涯夢一般。
杳杳獨尋山路去、　　滿衣秋葉石床寒。

■
* 현등산은 포천군 화현면 화현리와 가평군 경계에 있는 산인데, 936m
  이다. 운악산이라고도 하는데, 포천 8경 가운데 하나인 홍폭(虹瀑)이
  있다.

남쪽으로 돌아가는 정계함을 배웅하다
送鄭季涵南歸

긴 대나무 천 대에 작은 사립문
무등산 앞에 옛마을이 있었지.
돌아가면 아직도 봄이 끝나지 않았을 테니
방초가 왕손을 원망하지는 않으리.[1]

千竿脩竹小柴門。　　　無等山前是舊村。
歸去想應春未罷、　　　免敎芳草怨王孫。

■
* 계함은 사암의 벗인 송강 정철(1536~1593)의 자이다.
1) 왕손은 노닐며 돌아오지 않는데
　봄풀은 무성하게 자랐네.
　王孫遊兮不歸、　　春草生兮萋萋。
　─《초사》회남소산왕 〈초은사(招隱士)〉
　왕손은 귀족의 후예를 가리키는 말이니, 귀공자라는 뜻이다.

눈이 온 뒤에 호당에서 썰매를 타고 한강 얼음 위로 내려가다

雪後自湖堂乘雪馬下漢江氷上

바람이 겹구름을 쓸어 버려 달빛이 하늘에 가득한데
혼자 썰매를 타고 차가운 빛 속을 곧장 건너가네.
이 몸은 아지랑이와 더불어 먼지 밖에서 노니
은하수는 아득해 길이 끝없구나.

■

* 조선시대에 국가에서 중요한 인재를 길러내기 위하여 세웠던 전문독서 당이 사암 당시에 한강 두모포에 있었으므로 동호(東湖) 독서당이라고 하였으며, 이를 줄여서 흔히 호당이라고 불렀다. 세종이 1426년에 젊은 문신들에게 특별 휴가를 주어 독서에 전념할 수 있도록 하는 사가독서 제(賜暇讀書制)를 실시하였는데, 독서 장소가 자택으로 한정되었으므로 효과가 적었다. 그래서 1442년에 제2차 사가독서를 시행할 때에는 신 숙주·성삼문 등을 진관사로 보내 독서케 하였다. 수양대군이 왕위를 찬 탈하며 집현전을 없애자, 사가독서제도도 자연히 없어졌다. 성종이 즉위 한 뒤에 마포 한강가에다 20칸 정도의 남호(南湖) 독서당을 개설했으 며, 해마다 대여섯 명씩 독서하였다. 그러다가 1504년에 갑자사화의 여 파로 다시 폐지되었다. 중종이 즉위하여 1507년에 독서당제도를 부활 하면서 지금의 동대문구 숭인동에 있던 정업원을 독서당으로 사용하다 가, 1517년에 두모포 정자를 고쳐 동호 독서당을 개설하였다. 이때부터 임진왜란이 일어나 불타 버릴 때까지, 동호 독서당이 75년간 학문 연구 와 도서 열람의 도서관 기능을 하게 되었다. 독서당 제도는 영조 때까 지 겨우 명맥만 유지하다가, 정조가 규장각을 설립하면서 그 기능이 완 전히 소멸되었다. 1426년부터 1773년까지 350여 년 동안 48차에 걸쳐 서 320명이 선발되었는데, 사암은 1558년에 특별 휴가를 얻어 호당에 서 독서하였다.

風掃重雲月滿空。　　孤槎直渡泠光中。
身遊野馬塵埃外、　　銀漢迢迢路不窮。

내 신세를 생각하며
感遇

항아가 불사약 훔쳐 가지고 멀리 날아가 버려[1]
만고에 돌아오지 않고 밝은 달 속에 앉아 있네.
자미궁[2]에서 춤추고 노래하는 여인들을 가엾게 여기겠지
붉은 얼굴 검은 머리가 잠깐 사이에 사라질 테니.

姮娥竊藥身飛去、　　　萬古不還坐明月。
應憐歌舞紫宮女、　　　朱顔綠髮暫時歇。

■

1) 예(羿)가 서왕모에게서 불사약을 얻어오자, 그의 아내 항아(姮娥)가 그
   것을 훔쳐 가지고 달나라로 달아났다. 예는 실망하고 낙담했지만, 이를
   쫓아가지는 못했다. 예는 불사약이 만들어지는 곳을 몰랐기 때문이다.
   ─《회남자》〈남명(覽冥)편〉
2) 북두(北斗)의 북쪽에 있는 별이 자미(紫微)인데, 중국 천문학에서는 이
   곳에 천제가 있다고 하였다. 자미성의 별자리를 임금의 자리로 삼아, 자
   미궁을 왕궁이라는 뜻으로도 썼다. 이 시에서 자미궁의 여인들은 조정
   에서 벼슬하는 관원들을 가리키는 말이다.

스님에게 드리다

贈僧 二首

문자란 원래 종이 위의 먼지인데
하물며 문자를 가지고 참모습을 혼동시키다니.
누가 불경을 번역하였나.
털끝만큼만 잘못해도 사람을 그르치는데.

文字元爲紙上塵。　　　況於文字亦迷眞。
誰將貝葉書翻譯、　　　才失毫釐更誤人。

중화의 도는 원래 치우침이 없는데
불가에서 방편을 스스로 잘못 잡았네.
일생 동안 앉아만 있어서야 누가 본성을 깨우치랴.
부처가 살아 있을 때 꽃을 꺾은 것부터가 잘못일세.[1]

中和之道本無頗。　　　方便渠家只自邪。
打坐一生誰了性、　　　却憐當日誤拈花。

■

1) 문자나 말에 의하지 않고 마음에서 마음으로 전하는 것을 염화미소(拈
華微笑), 또는 염화시중(拈華示衆)이라고 한다. 석가모니가 연꽃을 따서
제자들에게 어떤 뜻을 암시했는데, 아무도 그 뜻을 몰랐다. 가섭(迦葉)
혼자만 그 뜻을 알고 미소 지었다고 한다.

안변부사 양사언에게 부치다

寄楊安邊士彦 二首

한 조각 한가로운 구름이 우연히 산에서 나와
육십 년 벼슬살이에 귀밑머리가 반백 되었네.
뒷날 봉래산으로 다시 들어오는 길에선
비단옷 입고 돌아오는 모습에 원숭이와 학도 놀라겠네.*

一片閒雲偶出山。	六期官況鬢毛斑。
他年更入蓬萊路、	猿鶴應驚被錦還。

녹봉이 있어 참으로 산을 살 만한데도
흰머리로 여전히 조정에 나가고 있네.
강마을에 마침 황매비가 흡족하니
좋은 철이 왔건만 나그네는 돌아오질 않네.**

有俸眞堪辦買山。	白頭猶强趁朝班。
江村正足黃梅雨、	佳節雖來客未還。

■

* 사언이 선정으로 당상관에 올랐다. (원주)
** 위는 자기 이야기이다. (원주)
*** 양사언(1517~1584)의 자는 응빙(應聘)이고, 호는 봉래이다. 명종 1
년(1546년)에 문과에 급제한 뒤, 경치가 좋은 강원도와 함경도 여러 고
을의 수령을 거쳤다. 원제목에서 '안변'이란 그가 안변부사로 있다는 뜻
이다. 시도 잘 썼지만, 초서와 큰 글씨로 더욱 이름났다.

화주승에게 드리다

贈化主僧

손에는 늘 권선문[1]을 들고 다니는데
소경과 귀머거리들이 가는 곳마다 떼를 이루네.
예전에 선업이 밖에서부터 비롯된 건 아니었으니
단지 마음을 거둬들여 흰구름에나 누워 있으시게.

手裏嘗携勸善文。　　　盲聾隨處動成群。
從來造業非由外、　　　只合收心臥白雲。

■

* 화주승은 집집마다 찾아다니며 신자들이 법연(法緣)을 맺게 하는 동시에, 시주를 얻어 절의 양식을 대는 중이다.
1) 불연(佛緣)을 맺게 하기 위하여 세속 사람들에게 보시를 권하는 글인데, 대개 불사를 일으킬 때에 많이 썼다.

남중에 사는 벗에게 부치다

寄南中友人

서울의 풍진 세상에는 발 붙이기 어렵고
바닷가로 돌아갈래도 오두막집이 초라해라.
북산의 고사리와 남강의 물을
나 또한 그대를 따라가 함께 먹으리라.

京洛風塵寄足難。　　海隅歸去篳篷寒。
北山薇蕨南江水、　　我亦從君與共餐。

■

* 원문의 봉(篷)자는 봉(蓬)자가 잘못된 것이다.

한산 관아에서 조카와 손자들이 보게 부치다
韓山衙寄示姪孫輩

푸른 소나무 그늘 속에 작은 정자가 깨끗해서
오묘한 말을 강론하고 밝혀내기에 좋구나.
다만 한스럽기는 가벼운 바람이 너무 힘없어서
책 읽는 소리를 불어 보내지 못하는 걸세.

靑松陰裏小亭淸。　　好把微言講熟明。
只恨輕風太無力、　　未曾吹送讀書聲。

■
* 사암이 명종 17년(1562년)에 충청도 한산군수(종4품)로 나갔다.

매화가지를 종이에 싸서 보냈기에
李鴻山彦休紙裏梅枝題詩送之遂和呈

산성에서 급히 달려와 강언덕까지 이르렀는데
작은 종이에 갓 봉해 먹도 마르지 않았구나.
구슬나무 한 가지에 시가 두 구 있어
맑은 향기와 기묘한 글을 품평하기가 어렵네.

山城急走到江干。　　小紙新封墨未乾。
玉樹一枝詩兩句、　　淸香奇藻品題難。

■
* 원제목이 길다. 〈홍산 이언휴가 종이에 매화가지를 싸고 시를 써서 보내와, 곧 화답하여 보내다.〉
  홍산현감 이언휴라는 뜻인지, 이언휴의 호가 홍산인지, 또는 언휴가 이름인지 자인지 확실치 않다. 이 무렵에 이언휴라는 사람이 살았는데, 자는 홍도(弘道)이고, 호는 금선자(金蟬子)이다. 천문 지리에 밝았던 신선가인데, 도가서인《청학집》에 소개되어 있다. 이 시에 나오는 이언휴인지 확인할 수가 없다.

육호 스님에게 지어 주다

贈六浩上人 二首

관아에서 하루 종일 푸른 산을 마주보는데
방울줄 당기는 소리도 없어[1] 노상 한가하네.
가랑비에 꽃 몇 송이가 갓 피어나
붉은 꽃 흰 꽃이 날 위해 얼굴 가다듬네.

郡齋終日對靑山。　　鈴索無聲老守閒。
細雨初開花幾朶、　　朱朱白白爲吾顔。

만 리 푸른 파도 첩첩 산 속에
스님이 돌아가 흰구름 한가한 속에 눕네.
봉래 바다에서 삼신산 본다고 자랑하지 말게나
무생[2]을 배우는 것이 불로장생보다 나으리.

萬里蒼波萬疊山。　　野僧歸臥白雲閒。
休誇蓬海看三淺、　　能學無生勝駐顔。

---

1) 군수에게 일이 있으면 방울줄을 당겨서 알렸다.
2) 불가에서 천지 만물은 본래 태어나는 것도 없고 없어지는 것도 없다고
　 하였다. 그래서 〈최승왕경(最勝王經)〉에서 "무생(無生)이 실제이고, 생
　 (生)은 허망이다."고 하였다.

집 정원에서 손님과 함께 술을 마시다

家園與客飮酒 韓山遞來

이 년 동안 강호에 나가 있어 돌아오는 것이 늦어졌는데
예전에 심은 노란 국화가 두어 가지 피었네.
고즈넉한 작은 정원에 가을빛이 담담한데
술 한 병으로 손님을 붙들고 앉아서 시를 쓰네.

二年湖海得歸遲。　　舊種黃花有數枝。
寂寞小園秋色淡、　　一壺留客坐題詩。

■
＊ 한산에서 벼슬이 갈려 돌아왔다. (원주)

가야금에 쓰다
題伽倻琴

돌아가는 기러기 한 떼 열두 줄인데
가야금 타던 사람 가버린 지 이미 천 년일세.
지금은 남긴 가락의 기묘함을 사랑할 뿐
신선의 뜻 아득하니 세상에 전해지지 않네.[1]

一陣歸鴻十二絃。   弄琴人去已千年。
如今但愛遺音妙、   仙意冥冥世不傳。

■
1) 가야금 타던 사람이나 신선은 우륵을 가리킨다.

예전에 살던 산으로 돌아가는 조운백을 배웅하다

送曹雲伯俊龍還舊山 二首

산봉우리 깊은 곳에 작은 초가집
예전에 남은 살림은 제사거리도 없었지.[1]
말 위에 단지 시집만 가지고 가는데
푸른 덩굴과 밝은 달이 좋은 친구일세.

亂峯深處小茅茨。　　舊業還無伏臘資。
馬上只携詩卷去、　　綠蘿明月是佳期。

달인은 들고나는 데 본래 자취가 없어
돌길 아름다운 경치 속에서 다시 지팡이를 짚네.
산열매 가을 되어 검붉게 익으면
숲속에 들어가 저공[2]과 함께 거두겠지.

達人舒卷本無蹤。　　石逕烟霞更挂節。
山果到秋紅黑熟、　　入林收拾共狙公。

1) 원문의 복랍은 여름철과 겨울철의 제사이다.
2) 원숭이를 치는 사람이다.

연경에 가는 주청사 김중회에게 드리다

贈奏請使金重晦繼輝赴京

압록강가에 가을달이 새로 돋는데
노룡새 옆으로 먼 길을 가네.
외로운 충성으로 진나라 궁정에서 곡하기를 스스로 허락해
말채찍하며 만 리 길 가는 자신을 전연 잊어 버리네.

鴨綠江邊秋月新。　　　盧龍塞上遠征人。
孤忠自許秦庭哭、　　　策馬都忘萬里身。

* (이름은) 계휘이다. (원주)
  김계휘(1526~1582)의 호는 황강(黃岡)이고, 중회는 그의 자이다. 명종
  4년(1549년)에 문과에 급제하고, 예조참판·부승지까지 지냈다. 선조 14
  년(1581년)에 종계변무(宗系辨誣) 사명을 띠고 연경에 갔다. 죽은 뒤 이
  조판서에 추증되었다.

한 쌍의 소나무

雙松

강물은 얼어붙고 겨울바람은 성나
쓸쓸한 숲속 나뭇잎들이 모두 티끌 되었네.
괴이하구나, 너 푸르른 한 쌍의 늙은 나무만
서리와 눈을 만날 때마다 빛이 더욱 새로워지니.

江下凍合朔風嗔。　　　蕭索千林葉已塵。
怪汝蒼蒼雙老樹、　　　每逢霜雪色逾新。

호남관찰사로 나가는 정계함을 배웅하다
送鄭季涵出按湖南 二首

남쪽을 바라보니 천 산 또 만 산
그대 갈 길이 그 사이에 있으니 가련하구나.
멀리서도 알겠네. 비[1] 내리는 밤 등불 곁에서
천 겹 한양 관문 넘는 일을 한밤중 생각하겠지.

南望千山復萬山。　　　　憐君歸路在其間。
遙知瘴雨孤燈畔、　　　　夜思千重度漢關。

밀어도 가지 않고 아직도 우물거리며
해마다 병든 몸을 끌어만 가네.
따뜻한 기운이 또 봄이 올 차례를 재촉해
시름 속에서 온갖 꽃이 새로 피는 걸 보게 되었네.

推擠不去尙因循。　　　　歲歲年年一病身。
暖氣又催春次第、　　　　愁中看到百花新。

＊ 계함은 정철의 자인데, 선조 14년(1581년)에 전라도관찰사로 나갔다.
1) 원문의 장우(瘴雨)는 독기가 있는 비인데, 풍토병을 일으킨다.

그림에 쓰다
題畵

부들풀 삿갓에 도롱이 걸치고 낚싯줄을 감는데
갈꽃과 가을물에 부슬부슬 비가 내리네.
강태공이 그 옛날 일 벌인 것을[1] 거리껴
한번 낚시터로 내려가면 돌아가지를 않네.

蒻笠蓑衣捲釣絲。　　荻花秋水雨霏霏。
還嫌尙父曾多事、　　一下漁磯便不歸。

■
1) 강태공은 본래 성이 강(姜)이었는데, 그의 조상이 여(呂)에 봉해져 여상
(呂尙)이라고 불렸다. 여상이 위수(渭水) 가에서 아무런 일도 하지 않
고, 곧은 낚시로 40년 세월을 보냈다. 어느날 사냥 가던 문왕이 그를 만
나 이야기하다 감격하여, 태공망(太公望)이라고 불렀다. 문왕이 그를 태
우고 함께 돌아와 스승으로 삼았으며, 무왕은 그를 높여 사상보(師尙父)
라고 불렀다. 그가 주나라를 도와 은나라를 치고 천하를 차지하게 하였
다. 뒤에 낚시꾼을 강태공이라고 부르는 것은 이에서 나온 말이다.

연경으로 가는 좌윤 정공을 배웅하다
送左尹鄭公赴京 二首

세밑 하늘에 변경의 눈발이 아득한데
석진산[1] 서쪽으로 갈 길이 삼천 리일세.
여지껏 지기이고, 오늘 처음 안 사이가 아니니
헤어지는 자리에까지 가서 말채찍 줄 필요는 없겠지.[2]

邊雪蒼茫歲暮天。　　　析津西去路三千。
向來知己非今日、　　　不待臨歧贈馬鞭。

바람과 모래 속 어느 곳에서 웃으며 얼굴을 펴랴.
객지에서 오신반[3] 받으면 한 해가 또 오겠지.
자미궁에서 조회 끝나면 봄도 이미 늦어져
말 울며 돌아오는 길을 지는 꽃이 배웅하겠지.

■
* 좌윤은 한성부의 종2품 벼슬인데, 판윤(정2품)을 보좌하였다.
1) 북경과 그 부근에다 요나라 때에 석진부를 설치하였으며, 북경 서남쪽에 석진현을 설치하였다. 그 뒤 송나라 때에는 연산부(燕山府)라고 하였다가, 금나라 때에 다시 연경 석진부라고 하였다.
2) 예전에는 먼 길 떠나는 친지에게 버들가지를 꺾어 말채찍으로 선물하였다. 사암은 그와 친한 사이였으므로 일부러 인사치레로 나가지 않고, 이 시를 지어 보냈다.
3) 파·마늘·부추·쑥·겨자의 다섯 가지 쓴맛을 넣어서 만든 음식인데, 설날에 먹었다.

風沙何處笑顏開。　　客裏辛盤歲又來。
朝罷紫微春已晚、　　落花飛送馬蹄廻。

송 사재의 면앙정에 삼십 운을 쓰다
題宋四宰純俛仰亭三十韻

신선을 꿈꾸는 늙은 소나무*
夢仙蒼松

까마득한 산봉우리가 비단창 앞에 있어
만 그루 푸른 갈기가 구름과 노을을 문지르네.
인간 세상에서 더위 씻을 곳이 어디인 줄 아는가
하늘에서 떨어지는 물소리를 누워서 듣는 곳일세.

縹緲層巒綺戶前。　　萬株蒼鬣拂雲烟。
人間濯熱知何處、　　臥聽濤聲落半天。

■
* (사재의 이름은) 순(純)이다. (원주)
　　사재는 우참찬(정2품)이다. 3정승 바로 밑에 있는 좌우찬성(종1품)을 이
　　상(貳相)이라 하고, 좌우참찬을 사재(四宰)라 하였다. 송순(1493~1583)
　　의 자는 수초(遂初)이고, 면앙정은 그의 호이다. 눌재 박상의 문인으로
　　중종 14년(1519년) 문과에 급제하고 우참찬까지 지냈는데, 담양 제월봉
　　아래에다 면앙정을 짓고 시를 지으며 여생을 즐겼다.
　　면앙정은 전라남도 담양군 봉산면 제월리에 있는 정자인데, 송순이 41
　　세 되던 중종 28년(1533년)에 잠시 벼슬을 내놓고 고향으로 돌아와 이
　　정자를 지었다. 원래 건물은 임진왜란에 파괴되어 그의 후손들이 효종
　　5년(1654년)에 다시 지었는데, 정면 3칸, 측면 2칸의 팔작지붕 건물이
　　며, 전라남도 기념물 제6호이다. 이곳에서 지은 〈면앙정가〉가 유명하다.
　　사암은 면앙정에 가보지 않고 7언절구 30운을 지어 보냈다.

어등산의 저녁비
魚登暮雨

빗줄기가 산빛을 가리더니 이미 삼켜 버려
산 그림을 멀리서 보니 수묵이 가득해라.
저녁 서늘한 경치를 미처 다 읊기도 전에
홀연히 경치를 재촉해 황혼을 만들었네.

雨遮山色已成吞。　　活畫遙看水墨渾。
欲賦晚涼吟未盡、　　忽催雲物作黃昏。

서석산 아지랑이
瑞石晴嵐

수풀 밖으로 멀리 내다보니 바위 형세가 웅장하고
아지랑이 퍼진 기운이 개인 하늘에 가득하네.[1]
술에 취한 붓 오래 멈추고 자주 머리를 돌려
저녁노을이 다시금 엷게 물들기를 기다리네.

■
1) 원문의 기(簾)는 파(簸)의 잘못이다.

林表遙窺石勢雄。　　蒸嵐飄簫滿晴空。
久停醉筆頻回首、　　更待斜陽染淡紅。

금성의 옛 자취[*]
金城古跡

돌 성곽이 둘렸는데 반은 이미 무너졌고
한 줄기 시냇물이 굽이쳐 돌아가네.
덤불 헤치면서 천고의 자취를 찾아가니
호승에게 겁재[2]를 묻고 싶어서일세.

石郭周遭半已頹。　　一溪流水自縈廻。
爲披榛莽尋千古、　　欲向胡僧問劫灰。

■

* 담양군 금성면과 용면 경계에 금성산성이 있는데, 높이는 2~7m이다.
  삼국시대에 쌓았다고 전해지는데, 전라남도 기념물 제52호이다.
2) 겁재는 세계가 멸망할 때에 일어나는 현상인데, 불·바람·물 세 가지의
  재앙을 가리킨다. 겁수(劫水)·겁풍(劫風)·겁화(劫火)를 아울러 겁재라
  고 한다.

옹암의 외로운 자태
甕巖孤標

아득하게 버티고 서서 바라보기에 멀기만 한데
천지간에 의젓한 자태로 뭇산들에게 조회를 받네.
인간들이 우러러본 적이야 수없이 많았겠지만
소매에 스치는 별은 오랫동안 고요하네.

杳杳孤撑望眺遙。　　建標天地衆山朝。
人間仰止應無數、　　袖拂星辰久寂廖。

대추산의 나무꾼 노래
大秋樵歌

노랫소리가 서로 대답하면 푸른 산에 아침이 와
몇 집 사람들이 새끼 띠에다 낫을 차네.
걱정과 즐거움 한평생이 다 여기에 있으니
세상에 장작 대신 초를 때는[3] 사람이 있는 줄 어찌 알랴.

■
3) 진나라 부자 석숭(石崇)이 숯 대신 밀초를 때면서 사치를 즐겼다고 한다.

歌聲互答碧山晨。　　帶索腰鎌幾戶人。
憂樂一生都在此、　　那知世有蠟爲薪。

석불사의 성긴 종소리
石佛疎鍾

산기슭의 쓸쓸한 절이 하늘에 가까운데
때때로 종소리를 어두운 안개 속으로 울려 보내네.
정자 위에서 시 짓는 늙은이는 노상 자신을 돌아보며
향불 피우고 편안히 앉아 참선을 대신하네.

翠微蕭寺近諸天。　　時送鍾聲出暝烟。
亭上詩翁長發省、　　燒香宴坐當逃禪。

솔숲의 오솔길
松林細逕

맑은 그늘이 길에 가득하고 솔잎이 자리를 이뤄
집 아이가 먼지도 쓸지 못하게 하네.

명아주 지팡이 짚고 밝은 달밤에 홀로 걷노라니
학이 날면서 서늘한 이슬이 옷자락을 적시네.[4]

淸陰滿路葉成茵。　　　不許家童爲掃塵。
藜杖獨行明月夜、　　　鶴翻涼露浥衣巾。

■
4) 산꼭대기에 초가을 들어 밤이 서늘한데
　　학이 날자 솔잎의 이슬이 옷자락을 적시네.
　　絶頂新秋生夜凉、　　鶴翻松露滴衣裳。
　　- 임번〈숙건자산선사시(宿巾子山禪寺詩)〉

단양가는길에서

丹陽途中 二首

하루가 다하도록 돌층계를 뚫고 다니노라니
푸른 산봉우리 첩첩하고 물은 유유하네.
강산은 마음이 있어 원래부터 맞이해 주는데
우리들은 어찌해 쉬지를 않나.

盡日行穿石磴幽。　　　靑巒疊疊水悠悠。
江山有意元相待、　　　我輩如何不自休。

두어 집 촌언덕이 본래 거칠고 가난한데
관가에 세금 바치고 돌아오니 살 계책이 없네.
흰머리 되도록 배불리 먹어본 적이 없는데
붉은 대문집에선 만 냥짜리 음식도 먹기 싫어서 버린다네.

數家村塢自荒寒。　　　官稅輸歸活計單。
白首未曾經一飽、　　　朱門厭棄萬錢餐。

* 이하 23수는 재상어사 때에 지었다. (원주)
　　사암이 1560년 정월에 의정부 검상(정5품)에 임명되었다가, 곧 사인(정
　　4품)으로 승진되었으며, 가을에 호서지방 재상어사로 파견되었다.

길에서

途中

가을빛이 쉰 고을에[1] 아득한데
강마을과 산성에 흰구름이 떠 있네.
가는 곳 주방마다 관아의 식사를 차려내는데
자주빛 향그런 게장이 젓가락 끝에서 떨어지네.

秋色蒼茫五十州。　　　水村山郭白雲浮。
行廚處處呈官饌、　　　紫蟹香漿落筯頭。

---

1) 사암이 돌아보게 된 충청도의 고을이 쉰넷이다.

보령 가는 길에서

保寧途中

썰렁한 백성들 집이 외로운 성에 의지해 있고
방울소리 들리지 않아 관리는 할 일도 없네.
지친 나그네가 낮잠 자려니 객사가 차가운데
뜰에 가득한 서리 맞은 잎에 저녁 햇살이 밝구나.

蕭條民戶倚孤城。　　鈴牒常稀吏職淸。
倦客晝眠官舍冷、　　滿庭霜葉夕陽明。

낙화암

落花巖

꽃 떨어지고 강물 흘러도 그 자취 없어지지 않고
찬 구름 스러지는 햇살이 산봉우리를 둘렀네.
춤추고 노래하던 삼천 궁녀를
물 속의 고기들도 얼굴 알게 되었네.

花落江流迹未刪。　　冷雲殘照鎖層巒。
三千歌舞金宮女、　　水底魚龍亦識顔。

진잠에서 국화를 보다

鎭岑見菊

옛 현이 쓸쓸해 풀과 나무도 황폐한데
처마 아래 향그런 국화 몇 떨기를 보니 반가워지네.[1]
그래서 생각해 보니 고향에 있는 한 쌍의 분국[2]은
가을이 다 지나도록 밤서리 막아줄 사람이 없겠지.

古縣蕭條草樹荒。	眼靑軒下數叢香。
仍思故圃雙盆菊、	秋盡無人護夜霜。

---

* 진잠은 대전광역시 유성구 진잠동 지역에 있었던 조선시대의 현이다.
  태종 13년(1413년)에 현감을 두었는데, 고종 32년(1895년)에 군으로 승
  격했다가, 1914년 대덕군에 병합되었다. 대전광역시 중구 원내동에 진
  잠향교가 남아 있다.
1) 안청헌(眼靑軒)을 객사의 이름으로 볼 수도 있겠지만,《진잠읍지》에 그
  런 이름이 없다. 그래서 안청(眼靑)을 청안(靑眼), 즉 반가워한다는 뜻
  으로 보았다.
2) 화분에 심은 국화이다.

진잠의 단풍
鎭岑丹楓

어느 호사가가 단풍 심을 줄을 알았던가.
한 장의 붉은 비단이 작은 집 동쪽에 펼쳐졌네.
그래서 생각해 보니 중양절 단양 가는 길에서
하루 종일 수놓은 비단 속을 뚫고 지나갔었지.

好事何人解植楓。　　　一張紅錦小軒東。
仍思九日丹陽道、　　　盡日行穿繡繢中。

회인 가는 길에서

懷仁途中 三首

문으로 난 작은 길이 가을 쑥대에 덮여 어둡고
쓸쓸한 울타리는 저녁노을을 받아 붉구나.
아이는 생나무 패고 늙은이는 조를 베니
한평생 근심과 즐거움이 이 산 속에 있네.

逐門微逕暗秋蓬。　　　籬落蕭條返照紅。
兒斫生柴翁刈粟、　　　一生憂樂此山中。

하루 종일 마구간에 우수수 바람이 불어
돌밭과 초가집이 산 속에 어지럽네.
조정에서는 며칠이고 거둬들여 부강하지만
명아주와 콩잎으로도 시골 늙은이는 배 채운 적이 없네.

盡日蕭蕭皁櫪風。　　　石田茅屋亂山中。
朝家幾日收强富、　　　藜藿曾無飽野翁。

■

* 회인은 충청북도 보은군 회북면 지역에 있던 조선시대의 현이다. 태종
  13년(1413년)에 현감을 두었으며, 고종 32년(1895년)에 군으로 승격되
  었다가, 1914년 보은군에 합쳐졌다. 보은군 회북면 부수리에 회인향교
  가 남아 있다.

산은 비단병풍 같고 물은 흰 깁 같은데
땅 기름지고 샘물 단 데다 지경도 또한 넓어라.
흰 띠풀 베어다 조그만 집이라도 짓고 싶지만
고을 아전이 밤에 문 두드릴까봐 그것이 걱정되네.

山如錦障水如紈。　　　土沃泉甘境亦寬。
欲剪白茅成小築、　　　唯愁縣吏夜敲關。

청안에서 동년 박견룡을 만나다

清安見同年朴見龍

여관 외로운 등불에 쓸쓸히 앉았노라니
차가운 다듬이질소리에 들개소리가 이어지네.
친한 나그네가 문 밀치고 들어오지 않았더라면
서리 속 달빛이 나 혼자 자는 모습을 비출 뻔했네.

旅館孤燈坐悄然。　　寒砧野犬響相連。
若非狎客排闒入。　　霜月寥寥照獨眠。

* 이 시까지가 재상어사 때에 지은 것이다. 동년은 같은 해 과거에 급제한
  사람을 가리킨다.

호당에서 읊다
湖堂口號

어지러운 물줄기가 들판을 거쳐 강으로 들어가고
떨어지는 물방울은 아직도 난간 밖 나뭇가지에 남아 있네.
울타리에는 도롱이를 걸고 처마에는 그물 말리는데
고기잡이 집 바라보니 저녁 햇살이 많구나.

亂流經野入江沱。　　滴瀝猶存檻外柯。
籬掛簑衣簷曬網、　　望中漁屋夕陽多。

은대에 숙직하면서 동료의 시에 차운하다

直銀臺次同僚韻 二首

옷을 거꾸로 입어 가면서 아침 조회에 대어 가면
궁중의 종소리가 언제나 새벽 별과 함께 울리네.
봄바람이 불어와 못가의 풀을 늙게 하는데
닫힌 곳에[1] 묵으며 꽃다운 철 저버린 것을 깊이 탄식하네.

顚倒衣裳趁早衙。　　禁鍾長帶曉星撾。
東風吹老池塘草、　　鎖宿深嗟負歲華。

귀밑머리에 서리가 곱상해지며 은대에 적을 두자
물시계 소리를 누워서 듣게 되었네.
이 년 동안 강호의 비를 옷에 맞다가
다시 궁중으로 돌아오니 여러 신선들에게 부끄러워라.[2]

銀臺通籍鬢霜姸。　　臥聽靈蚪刻漏傳。
衣上二年湖海雨、　　再遊丹禁愧群仙。

■
* 은대는 승정원의 별칭이다. 사암이 42세 되던 1564년 윤2월에 승정원
  동부승지로 승진했다가, 좌승지까지 올랐다.
1) 구중궁궐을 가리킨다.
2) 한산에서 벼슬이 갈린 지 오래 되지 않아서 이렇게 말한 것이다. (원주)

도소주를 마시다

飮屠蘇酒

산초와 잣을 술로 빚자 옅은 향기가 나네.
세상에선 도소주가 오래 전부터 이름났네.
천하보다 나중에 즐거워하며[1] 한 잔 마시려 해도
부질없는 인생을 머물게 할 계책이 없어 시름겨워라.

醲醴椒栢發微馨。　　　世上屠蘇久著名。
欲飮一杯天下後、　　　只愁無計駐浮生。

---

* 도소주는 설날에 마시는 약주 가운데 하나인데, 초백주(椒柏酒)와 함께 세주(歲酒)로 쓰인다. 설날에 이 술을 마시면 괴질과 사기(邪氣)를 물리치며, 장수한다고 믿었다. '도소'라는 약제는 길경(桔梗)·육계(肉桂)·방풍(防風)·산초(山椒)·백출(白朮) 등을 넣어서 만드는데, 이 약제를 술에 담가 만든 술이 도소주이다.

1) 천하의 근심을 내가 먼저 근심하고, 천하의 즐거움은 내가 나중에 즐거워하리라.[先天下之憂而憂、　後天下之樂而樂歟。] - 범중엄 〈악양루기(岳陽樓記)〉

판관 고사렴 만시

高判官士廉挽

급제하자 처음에는 용맹스런 신하 얻었다고 일컬었지만
진중에서 부질없이 흰머리 사람이 되어 버렸네.
철갑옷과 금검은 외로운 관을 따라가고
남은 혼은 아득하게 은하수를 건너가네.

攀桂初稱得虎臣。　　　行間空作白頭人。
鐵衣金劍隨孤櫬、　　　迢遞殘魂渡漢津。

단구자 이승경 진사가 정원의 과일을 선사하여 고마워하다

奉謝丹丘子李進士崇慶惠園果

산열매가 가을 되며 검붉게 익어
숲속에 들어가 거둬 모아 저공과 함께하네.
봉하고 글 써서 하인에게 주어 달리게 하니
이슬 안개와 함께 서울에 이르렀네.

山果秋來熟黑紅。　　　入林收拾共狙公。
封題付與長鬚走、　　　和露和烟到洛中。

---

* 이승경(1510~1588)의 자는 군의(君義)이고, 호는 풍담도로(楓潭道老)
인데, 뒤에 단구한민(丹丘閑民)으로 고쳤다. 중종 35년(1540년)에 진사
시에 합격하여 성균관에 나갔지만, 과업을 포기하고 양악산에 은거하여
시를 읊으며 지냈다.

풍악으로 돌아가는 학상을 배웅하다

送學祥還楓岳

글 읽은 보람도 없이 귀밑머리가 먼저 얼룩져
가을비 내리는 황량한 들판에서 홀로 문 닫고 지내네.
한 치 되는 옛마음만은 아직도 꺾이지 않았으니
어찌 세속을 따라 얼굴 부드럽게 하기를 배우랴.

讀書無補鬢先斑。　　　秋雨荒郊獨掩關。
一寸古心猶未折、　　　豈應隨俗解低顏。

학상 비구에게 드리다

贈學祥比丘

사람이 태허로 돌아간 지 이미 천 년이나 되었는데
외로운 학은 여전히 예전의 동천[1]에 사네.
돌길은 황량하고 가을비는 어두운데
신선 노래는 오직 시골 스님이 전하는 것을 들을 뿐이네.

人歸寥廓已千年。　　　孤鶴猶棲舊洞天。
石逕荒凉秋雨暗、　　　仙歌惟聽野僧傳。

---

1) 동천은 하늘에 통한다는 뜻인데, 신선이 사는 곳을 가리킨다. 대개는 산
   으로 둘러싸이고, 시냇물이 둘린 곳이다. 16동천, 또는 36소동천이 있다
   고 한다.

풍악으로 노닐러 가는 흡사에게 드리다

贈洽師遊楓岳

인간사 번잡하여 어찌 그리도 바쁜지
시비하는 소리 속에서 세월을 보내네.
그대가 다시 푸른 산으로 가서
손수 흰구름 쓸고 돌침상에 잔다니 부러워라.

人事營營何太忙。　　是非聲裏度星霜。
憐渠更向碧山去、　　手掃白雲眠石床。

휴정 스님의 시에 차운하다

次休正上人韻

밭 갈러 돌아갈 생각하면서도 아직 떠나지 않고
홀[1] 가지고 아침 닭소리 들은 적이 몇 차례던가.
멀리서도 알겠네. 동천 속의 옛 선인은
《남화경》한 차례 읽어 만물을 한가지로 여기겠지.[2]

長擬歸耕猶未去、　　　幾回持笏聽朝鷄。
遙知洞裏舊仙子、　　　一讀南華萬物齊。

■
1) 홀은 벼슬한 자가 관복을 갖춰 입을 때 손에 드는 수판(手板)이다. 원래
   는 임금 앞에서 교명(敎命)이 있거나 아뢸 것이 있으면 그 위에 써서 비
   망(備忘)으로 삼았던 것인데, 후세에는 의례적인 것이 되었다. 왕은 규
   (圭)를 잡고 사대부는 홀을 들었는데, 길이는 대개 1척이고, 너비는 위
   가 3.5cm에다 아래는 5cm이다. 손으로 잡는 밑부분은 비단으로 감쌌
   다. 1~4품까지는 상아로 만들었고, 5~9품까지는 나무로 만들었다.
2) 《남화경》은 《장자》를 가리키는데, 제2편이 〈제물론(齊物論)〉이다. 이 시
   에서는 휴정 스님이 《장자》를 읽어 신선의 경지에 들었다는 뜻이다.

낙산사 스님에게 드리다

贈洛山寺僧

낙산의 기묘한 경치는 맑은 새벽에 있다는
산 속 스님의 말을 지금 들으니 내 마음이 움직이네.
만 리의 붉은 물결은 푸른 하늘에 가득하고
백령이 부축해내니 불덩이 해가 새롭구나.

洛山奇勝在淸晨。　　　今聽山僧語動人。
萬里赤波漫碧落、　　　百靈扶出火輪新。

* 낙산사는 강원도 양양군 강현면 전진리 낙산에 있는 절인데, 대한불교
조계종 제3교구 본사인 신흥사의 말사이다. 낙산은 범어 보타락가(補
陀洛伽)의 준말로 관세음보살이 항상 머무는 곳인데, 우리 나라 3대 관
음기도도량 가운데 하나이다. 문무왕 11년(671년)에 의상대사가 관세
음보살의 진신이 낙산 동쪽 바닷가 굴 속에 있다는 말을 듣고 친견하기
위해서 찾아갔다가, "좌상의 산꼭대기에 대나무 한 쌍이 솟아날 것이니,
그 땅에 불전을 짓는 것이 마땅하다"는 관세음보살의 말을 듣고 그 자
리에 금당을 지은 다음, 관음상을 만들어 모시고 절 이름을 낙산사라 하
였다. 현재 보물 제479호 낙산사 동종, 제499호 낙산사 칠층석탑, 강원
도 유형문화재 제33호 낙산사 홍예문, 제34호 낙산사 원장(垣墻), 제75
호 낙산사 사리탑 등이 있다.

남쪽으로 돌아가는 조생에게 지어 주다
贈趙生南還

늙고 쇠약한 몸으로 조정에 출근하기 어려워
게으름피고 살 계획을 자기만 알게 세웠네.
원숭이와 학이 다니는 고향 산으로 소식 전하며
강가에 매화가 지기 전에 강남으로 내려간다네.

難將潦倒强朝參。　　懶計區區只自諳。
寄語故山猿鶴道、　　江梅未落下江南。

술 마셨다고 파직당한 김종호에게
金奉事從虎以飮餞被論罷歸贈之以詩

그대가 원래 술 마시는 신선이라 좋아했으니,
머리 위의 관비녀[1]는 역시 우연이었네.
하루 세 되씩 술 배급받기에는[2] 골상이 없으니
돌아가 술집에서 잠자는 편이[3] 낫겠구나.

憐君自是飮中仙。　　頭上朝簪亦偶然。
日給三升無骨相、　　未如歸當酒家眠。

---

* 원제목이 길다. 〈봉사 김종호가 전별연에서 술 마셨다고 탄핵되어 파직
  당하고 돌아가므로, 그에게 시를 지어 주었다.〉
  봉사는 조선시대 돈녕부와 각 시(寺)·사(司)·서(署)·원(院)·감(監)·창
  (倉)·고(庫)·궁(宮)에 설치된 종8품 실무직 벼슬이다.
1) 조회에 참여하려면 관을 썼는데, 비녀를 찔렀다.
2) 당나라 문하성에서 대조(待詔)하는 관원들에게 날마다 술 3되씩 주었
   다. 왕적(王績)이 한때 문하성 대조로 있었는데, 술 얻어 마시는 재미로
   문하성에 나왔다고 한다. 《당서》 권196 〈은일전〉에 실린 이야기이다.
3) 이백은 술 한 말에 시 백 편을 짓고는
   장안 시장바닥 술집에서 잠을 잔다네.
   李白一斗詩百篇、　　長安市上酒家眠。
   - 두보 〈음중팔선가(飮中八仙歌)〉

학 한 쌍을 기르다

養鶴一雙悲其陸沈今秋不使剪羽肉翮已壯有
時飛騰卽還來因感而賦之

날아다니는 선학을 땅바닥에 살게 해 가여웠는데
가을이 지난 뒤에 두 날개가 완전히 자랐구나.
모이를 고개 숙이고 먹는다 말하지 말게
이제 큰 바람 기다렸다가 다시 하늘에 치솟으리라.

為憐塵土住飛仙。　　　秋後雙翎養得全。
莫謂稻粱低飲啄、　　　長風今待更冲天。

■
* 원제목이 길다. 〈학 한 쌍을 길렀는데, 그것들이 땅에 잡혀 있는 모습이
  슬퍼서 올해 가을에는 깃을 자르지 못하게 하였다. 날갯죽지가 단단해
  지자, 때때로 날아 올라갔다가 곧 돌아왔다. 그래서 느낌이 있어 이 시
  를 지었다.〉

피리를 배우던 종이 달아났기에

友生李上舍崇慶少奴學笛成才使耘田遂逸去
聞而賦之

뻐꾸기와 떨어진 매실이 다 사랑스럽고
호미 잡거나 피리 불거나 둘 다 해도 괜찮건만,
어리석은 종은 슬픈 옥소리 내는 데만 습관이 되어
봄 흙이 손가락 끝 더럽히는 것을 두려워했네.

布穀落梅俱可愛。　　　把鋤橫笛不嫌兼。
癡奴只慣才占哀玉、　　還怕春泥汙指尖。

* 원제목이 길다. 〈친구인 상사 이숭경의 어린 종이 피리를 배워 재주가
  이뤄졌는데, 밭을 김매게 했더니 마침내 달아났다. 그 소식을 듣고 이
  시를 짓는다.〉

가생
賈生

삼장의 약법으로[1] 태평시대의 기초를 열었지만
천하에 남은 근심을 그대만 홀로 알았네.
한나라 황실의 전성시대에 통곡하였으니[2]
시대를 슬퍼하는 줄 그 누가 알았으랴.

三章縱啓太平基。　　　天下餘憂子獨知。
痛哭漢家全盛日、　　　可憐誰信是傷時。

■

* 한나라 문제가 스무 살밖에 안된 가의(賈誼, B.C. 201~169)를 대중대부
  에 올리고 다시 공경(公卿)으로 등용하려 했는데, 중신들이 모함하여
  실각하였다. 그래서 장사왕과 양회왕의 태부로 밀려났다가, 슬퍼한 끝
  에 32세 젊은 나이로 죽었다.
1) 한나라 고조가 중국을 통일한 뒤에 피폐한 백성들을 안도시키기 위하여
   번거로운 법을 정비하고, 약법(約法) 3장만으로 다스렸다.
2) 회왕(懷王)이 말을 타다가 말에서 떨어져 죽었는데, 그를 이을 후사가
   없었다. 가생은 회왕의 태부가 되어서 자신의 책임을 다하지 못했기 때
   문이라 생각하고, 한 해 남짓 통곡하며 울다가 그 또한 죽었다. -《사
   기》권84 〈가생〉 열전

책을 읽고 느낌이 있어
讀書有感

슬프구나, 세상의 움직임이 몹시도 시끄러운데
올바른 도가 상실되었으니[1] 누가 다시 일으키랴.
옛날의 성현은 모두 백골이 되어
단지 그 찌꺼기만 책에 남겨 두었네.[2]

嗟嗟群動苦喧闐。　　　道喪誰能更斡旋。
從古聖賢皆白骨、　　　只留糟粕在青編。

■

1) 도를 상실한 지 천 년이나 되어
　사람마다 그 정을 아쉬워하네.
　道喪向千載、　　人人惜其情。
　- 도연명 〈음주시(飮酒詩)〉
2) 윤편(輪扁)이 (제나라 환공에게) 아뢰었다.
　"수레바퀴를 깎는 데에도 무언가 비결이 있기는 한데 제 자식에게 가르
　쳐 줄 수 없고, 제 자식도 역시 제게 배울 수 없습니다. 그래서 나이 칠
　십이 되도록 수레바퀴를 깎고 있는 것입니다. 옛 성현도 깨달은 바를 전
　하지 못하고 죽었을 것이니, 전하께서 읽고 계신 것은 옛사람의 찌꺼기
　에 지나지 않는다고 말씀드렸던 거지요." -《장자》〈천도편(天道篇)〉

송 평사에게 지어 주다
贈宋評事 二首

옷에는 아직도 연 땅의 먼지가 묻어 있는데
하늘 끝으로 또 북방의 봄을 찾아가네.
남아가 마음 쓸 곳은 오직 충성뿐이니
나머지 어지러운 일들은 세상 사람들에게 주어 버리게.

衣上猶棲燕塞塵。　　　天涯又向北溟春。
男兒着處唯忠膽、　　　餘事紛紛付世人。

■

* 평사는 병마평사(정6품)의 준말인데, 외직 문관이다. 변방에 무신 수령
  이 많이 임명되고 병마절도사의 권한이 막강하였으므로, 문신 출신의
  막료를 보내 문서를 관장하며 보좌하게 하였다.

아침에 섬돌에서 절하고 궁궐[1]을 떠나니
서생이 이날부터 병법을 논하게 되었네.
임금의 은혜를 받고 현관산 북방을 다시 밟게 되었으니
청해[2]와 천산[3]에 역시 옛정이 있네.

朝拜瑤墀出鳳城。　　　書生此日解論兵。
承恩更踏玄關北、　　　青海天山亦舊情。

1) 중국 궁궐 대문을 봉황으로 장식하였으므로, 궁궐을 봉성이라고 불렀다.
2) 그대는 보지 못했던가, 청해 가에
   옛부터 백골이 널렸어도 거두는 사람이 없음을.
   君不見靑海頭、　　古來白骨無人收。
   - 두보 〈병거행(兵車行)〉
   청해는 중국 청해성 동북방에 있는 커다란 호수인데, 옛부터 전쟁이 많
   았던 변방이다.
3) 중국 신강성 소륵현 서북쪽에 있는 높은 산인데, 천산산맥의 주봉이다.
   흉노가 이곳에 나타나 중국과 자주 싸웠다.

옥상인께 드리다

贈玉上人 二首

손수 산나물을 뜯어 멀리까지 찾아와 주니
채롱 위에는 솔가지가 얽혔고 나무껍질로 묶었네.
들개가 컹컹거리며 괴상한 사람에게 짖어대는데
초라한 초가집까지 애써 가며 찾아준 것이 고마워라.

手挑山菜遠來遺。　　　松絡籠頭帶木皮。
野犬狺狺紛吠怪、　　　謝渠勤苦訪寒茨。

첩첩 봉우리가 새로 깎은 옥같이 곱고
동굴 안에는 죽지 않는 신선이 오래 머물러 있네.
만약 삼베옷 입은 옛날의 공자를[1] 만나게 되면
송도도 역시 차가운 연기가 되었다고 말해 주시게.

■

1) 신라 경순왕이 나라가 약하고 형세가 외롭게 되자, 국토를 들어 고려에
항복하자고 의논하였다. 그러자 왕자가 말하길,
"나라의 존망은 반드시 천명에 달렸습니다. 마땅히 충신·의사와 더불어
백성의 마음을 거둬 모으고 단합하여 스스로 굳게 지키다가 힘이 다한
뒤에야 포기할 일이지, 어찌 일천 년 사직을 하루아침에 경솔하게 남에
게 넘겨줄 수 있습니까?"
하였다. 그러나 왕은 말하길,

114

萬峯新削玉連姸。　　　洞裏長留不死仙。
若見麻衣舊公子、　　　爲言松岳亦寒烟。

■

"이 지경으로 외롭고 위태해졌으니, 사세가 보전될 수 없다. 죄없는 백
성들로 하여금 (싸우다 죽어서) 간(肝)과 골수를 땅바닥에 깔아 버리게
하는 짓을 나는 차마 볼 수가 없다."
면서, 드디어 고려에 사신을 보내 항복하였다. (결국) 왕자가 울부짖으
며 임금을 하직하고는, 곧 이 산으로 들어가 바위에 의지해 방을 만들
고, 삼베옷을 입고 풀을 먹으며 일생을 마쳤다고 한다. ─《신증 동국여
지승람》권47 〈회양도호부〉 산천조 금강산
삼베옷 입은 옛날의 공자가 바로 마의태자이다. 신라를 멸망시켰던 고
려도 결국은 망해 버린 사실을 끝 구절에 표현하였다.

변 스님에게 드리다

贈辯師

병으로 누워 가물거리기에 시도 다 집어치우고
봄버들이 문을 막아 버린 것도 모르고 지냈네.
책상머리 메마른 붓에 먼지가 낀 지도 오랜데
산 속 스님을 만나게 되어 한 차례 잡아 보네.

臥病昏昏詩摠廢。　　不知春柳已遮門。
案頭枯筆塵生久、　　逢着山僧爲一援。

정로를 추억하며 변 스님 편에 부쳐서 보여 주다

追憶政老因辯師寄示

엊그제 태백산 속에서 노인을 만났는데
높은 뺨에 복서골[1]이 뛰어난 인물임을 알게 하였네.
불법을 듣고 시를 논하며 정이 무르익었지만
외로운 구름을 머물게 할 계책이 없어 애달팠네.

昨逢太白山中老。　　　高頰伏犀知出群。
聽法論詩情爛熳、　　　只憐無計駐孤雲。

---

1) 복서골은 인두골(人頭骨) 가운데 이마와 수가마로 뻗는 뼈인데, 이 뼈가
   뒤통수까지 드러나면 출중한 인물이라고 하였다.

우연히 읊다
偶吟

시를 지어 절간의 나그네에게 부쳐 주니
속세 밖의 광음을 그대 혼자서만 즐기네.
산꽃은 언제야 피나.
이 늙은이가 흥 나는 대로 술병 들고 가 마시려네.

題詩寄與祇林客。　　　物外光陰爾自娛。
爲問山花開早晚、　　　老夫乘興飮提壺。

광릉으로 돌아가는 이정립을 배웅하며

送李生廷立歸廣陵

서울의 모임에선 꽃구경하며 풍악소리가 들끓는데
그윽히 사는 사람은 홀로 옛마을 집을 생각하네.
봄 들판에 말 타고 방초를 밟으며 가는데
소매에는 복희씨의 글이[1] 몇 권 들어 있네.

洛社賞花絲管沸、　　　幽人獨憶舊村廬。
春郊馬踏芳菲去、　　　袖有羲文數卷書。

* 이정립(1556~1595)의 자는 자정(子政)이고, 호는 계은(溪隱)인데, 율곡
  과 우계의 문인이다. 선조 13년(1580년) 문과에 병과로 급제하여 승문
  원에 들어갔다. 1582년에 수찬으로 있을 때 대제학 이이에게 추천되어,
  이덕형·이항복과 함께 경연(經筵)에서 《통감강목》을 시강하여 3학사라
  고 칭송받았다. 임진왜란 때에 예조참의로 왕을 모시고 피난가다가, 개
  성에 들러 종묘와 사직의 위판을 찾아서 평양으로 모셔 갔다. 황해도관
  찰사와 대사성을 거쳤으며, 광림군(廣林君)에 봉해졌다. 저서로는 《계
  은집》이 있다.
1) 《주역》을 가리킨다.

딸아이가 꽃 가지고 노는 모습을 보고
장난 삼아 짓다
觀女兒弄花戲題

딸아이 똘망똘망한 게 겨우 젖 떨어져
빨간 치마 입기 좋아하고 희희덕거리며 노네.
해당화 한 잎을 웃으며 따서는
귀여운 이마에 붙이고서 연지라고 하네.

女兒聰慧纔離乳、   愛着朱裳只戲嬉。
笑摘海棠花一點、   自塗嬌額比臙脂。

단자

蜑子

나는 모르겠네. 단자가 무슨 성정으로
먹고 사는 걸 한낱 조각배에다만 의지하는지.
오히려 세상 사람들이 평지에서 물에 빠져 죽는 걸 비웃으며
온 집안 아녀자들이 고래 물결에 익숙하네.

未知蜑子何情性、　　口腹唯憑一葉舠。
還笑世人平地溺、　　擧家兒女狎鯨濤。

<hr />

* 단(蜑)은 남쪽 오랑캐를 뜻하는데, 복건성·광동성 바닷가에 살았다.
  단자는 단민(蜑民)이라고도 하는데, 배를 집으로 삼고 사는 자를 가리
  킨다.

천연 스님에게 드리다

贈天然上人

모골이 암혈에 살며 늙은 걸 보니
한 조각 형해가 만 겁의 나머지일세.[1]
그대에게 묻노니 공화[2]를 어디에 뿌리는가.
다시 돌아와 예전의 시서를 배우니만 못하네.[3]

看渠毛骨老巖居。　　一片形骸萬劫餘。
試問空花散何處、　　未如還學舊詩書。

---

1) 만 겁은 극히 긴 시간이고, 만 겁여는 그 가운데 하잘것없이 짧은 시간
   이다. 잠깐 살다 죽어갈 사람의 한평생을 가리킨다.
2) 흐린 눈으로 하늘을 볼 때 꽃 같은 것이 보이는데, 번뇌에서 일어나는
   온갖 망상을 가리킨다.
3) 대사가 일찍이 유서(儒書)를 배운 적이 있으므로 이렇게 말하였다. (원주)

사위 이영년에게 보이다

示女婿李永年

자네 머리가 아직도 더벅머리여서 귀여운데
장인은 오히려 〈백발편〉 보고 놀랐네.[1]
요즘 택상을 칭한다고 하니[2]
위서의 현명함보다 못하지 않을 테지.

憐渠頭角尚鬈年。　　乃舅還驚白髮篇。
聞道邇來稱宅相、　　未應多讓魏舒賢。

---

* 사암의 아내 정경부인 고씨는 아들 없이 딸 하나만 낳았는데, 군수 이희
  간(李希幹)에게 시집갔다. 2남 1녀를 낳았는데, 장남 광은 별좌이고, 차
  남 택은 참봉이며, 딸은 선비 윤기파에게 시집갔다. 이희간의 자가 영년
  인 듯하지만 확실치 않다.
1) 영년이 일찍이 〈백발시〉를 지었기 때문에 두 구절에서 언급하였다. (원주)
2) 진(晉)나라 사람 위서가 부모를 여의고 외척 영씨(寧氏) 집에서 길러졌
   는데, 영씨가 집을 지으려고 하자 가상(家相)을 보는 자가 위서를 밖으
   로 내보내는 것이 좋겠다고 말하였다. 그러자 위서가 외가를 위해서 이
   택상(宅相)을 이루겠다고 하면서 나가 버렸다. 사암의 사위 이영년도
   아마 외가에 있다가 분가한 것 같다.

123

천연 스님에게 《근사록》을 드리다
贈天然近思錄

도를 배우는 단계에 본래 시초가 있어
높은 재주를 지닌 사람도 또한 잘못해 공허한 데로 떨어
지네.
삼승의 불법 풀이는 참된 비결이 아니니
네 분의 미묘한 말씀이[1] 바로 거룩한 글일세.

學道階梯自有初。　　　高才亦誤墮空虛。
三乘演法非眞訣、　　　四子微言是聖書。

■

* 《근사록》은 송나라 주자와 여조겸(呂祖謙)이 엮은 책인데, 대표적인 성
  리학자 주렴계·정명도·정이천·장횡거 네 사람의 말을 모아서 도학의
  요지를 밝혔다.
1) 원문의 사자미언(四子微言)은 《근사록》에 실린 네 사람의 말이다.

느낌이 있어 짓다

有感

강남에 보리농사가 흉년이라는 말 들었기에
동쪽으로 산수를 찾아도 시름은 그지없네.
인생은 바로 강물에 뜬 나무 같아서
하루 종일 떠밀려다니며 자기 뜻대로 하질 못하네.

聞道江南麥失秋。　　　東尋山水亦悠悠。
人生正似浮江木、　　　盡日縱橫不自由。

노래를 부른 기생에게

歌姬

내게 비단 반 필이 없어 부끄럽지만
부질없이 수고를 끼쳐 슬픈 가락 부르게 했네.
정원의 복숭아나무가 다행히 열매를 주었지만
시고도 떫어서 도리어 먼 산 눈썹을 찌푸리게 만들었네.

愧我曾無錦一端。　　　漫勞哀曲玉珊珊。
園桃幸饋佳人實、　　　酸澁還敎壓遠山。

중산대부 혜강의 〈절교론〉을 읽고 느낌이 있어 짓다

讀嵇中散絶交論有感 二首

숙야는 벼슬할 생각이 전혀 없었고
산공도 또한 대들보 같은 그의 재주를 사랑하였네.
편지를 써서 진중하게 벼슬 내놓기를 밝힌 것은
그를 팔아서 자기 앞잡이를 삼으려는 것은 아니었네.

叔夜曾無軒冕意、　　山公亦愛棟樑材。
作書珍重明初服、　　不是賣渠爲我媒。

* 혜강(223~262)은 죽림칠현 가운데 한 사람인데, 위나라 종실과 혼인하
여 중산대부가 되었다. 그러나 벼슬보다는 노장(老莊)의 학문을 좋아하
여, 거문고 타고 시를 읊으며 마음 편하게 살았다. 역시 칠현 가운데 한
사람이었던 산도(山濤, 205~283)가 자기 대신에 그를 이부상서로 천거
하려 하자, 혜강은 산도가 자기 뜻을 모른다고 하여 절교서를 보냈다.
숙야는 그의 자이다.

야박한 세상은 어지러워 구름 불렀다 비를 부르네.¹⁾
아침에는 아교에 옻 섞은 듯 친하다가도 저녁에는 싸움하네.
풍진 속에 다급해지면 마음이 바뀌어
명리 앞에서 수치스런 일 많으니 부끄러워라.

薄俗紛紛雲雨手、　　朝爲膠漆暮干戈。
風塵造次心腸改、　　聲利前頭愧恥多。

■
1) 손바닥을 뒤집으면 구름 되었다 엎으면 비가 되니
　변덕스런 무리들을 어찌 다 헤아리랴.
　翻手作雲覆手雨。　紛紛輕薄何須數。
　- 두보 〈빈교행(貧交行)〉

128

을축년 시월에 경연이 중지되었다는
소식을 듣고 느낌이 있어 짓다

乙丑十月聞經筵罷有感

성군께서는 이제 만물을 회춘시키려고
은근하게 다가앉아 대신을 찾으셨네.
묘당에는 본래 경륜할 계획이 있을 텐데
뜻있는 선비가 어찌하여 수건에 가득 눈물 흘리나.

聖主方回萬物春。　　懇懇前席訪元臣。
廟堂自有經綸計、　　志士如何淚滿巾。

■

* 을축년(1565년)은 명종 20년인데, 그동안 섭정하던 문정왕후가 이 해에
　 죽고 명종이 친정을 시작하였다.

회정상인의 시권에서 돌아가신
중부 눌재의 시를 보고 느낌이 있어
삼가 차운하다

回正上人卷中見先仲父訥齋詩有感敬次

먹 자취가 아직 새로워 먼지에 물들지 않았네.
필력이 세발솥을 들어올릴 만하니[1] 그 누가 따라가랴.
어지러운 산봉우리에 기운 해가 고요한 강가에서
명월주 같은 한 폭의 시를 눈물 가리고서 펼치네.

墨迹猶新不染埃。　　筆堁扛鼎熟能排。
亂峯斜日玄江上、　　一幅明珠掩淚開。

■
* 눌재는 사암의 중부인 박상이다. 눌재 박상의 시는 한국의 한시 총서
  23권《눌재 박상 시선》으로 엮어져 있다.
1) 항적의 키는 8척이 넘었는데, 힘이 세발솥을 들어올릴 만했다. -《사기》
  권7〈항우 본기〉

파직되어 남쪽 고향으로 돌아가는 판관 허진동을 배웅하며

送許判官震童罷歸南鄉五絶

1.

곧은 도리로 마음 먹으면 죽는다 해도 편하거든
지금은 목숨 보전하고 남쪽 고향으로 나가게 되었음에랴.
봄철 푸성귀는 나름대로 창자 채우기에 넉넉하니
돌아가서 봉산을 대해도 얼굴 부끄러울 게 없네.

直道爲心死亦安。　　　　況今全命出南關。
春蔬自足撑腸具、　　　　歸對蓬山無靦顏。

2.

베옷으로 봄날의 옛산에 돌아가니
꽃 피어난 외로운 마을에 초가집이 초라하네.
부질없이 온갖 근심 안고서 풍진 속에 남아 있는
외로운 늙은 장인보다는 그래도 낫네.

布衣還入舊山春。　　　　花發孤村白屋貧。
猶勝伶俜老舅氏、　　　　空懷百慮倚風塵。

5.

병이 임금과 신하를 떼어놓아 낡은 집에 누웠노라니
남은 목숨 얼마 되지도 않는데 온갖 근심이 그지없네.
게다가 봉록까지 더해 주시니 은혜가 분에 넘쳐
한가로운 자리지만 푸성귀나마 배불리 먹는 게 부끄러워라.[1]

病隔君臣臥弊廬。　　殘生無幾百憂餘。
還添俸祿恩非分、　　散地猶慙飽野蔬。

■
1) 이 시는 자신을 말한 것이다. (원주)

느낌이 있어 짓다

有感 二首

용방[1]에 제일인으로 들어
봉지에서 마침내 상태의 신하가 되었네.[2]
어쩌다 간악한 당파의 괴수로 지목되었으니[3]
영광이 이 몸에 모인 것이 스스로 부끄러워라.

■
* 우암이 이 시를 가져다 몇 글자를 바꿔서 이렇게 고쳤다.
  연방(蓮榜)에 외람되게도 제일인이 되어
  봉지에서 상태의 신하 되기를 바랐네.
  해마다 또 간악한 당파의 괴수가 되니
  어찌 모든 영광이 내 몸에 모였는가.
  蓮榜叨爲第一人。　鳳池希作上台臣。
  年年又復魁姦黨、　胡乃光華萃此身。
  이 시를 여러 벗들에게 보여 주면서 화답하기를 요구하고는, "회옹(晦翁
  주자)의 시에,
  '늙어서야 영광스러운 간악한 당파의 적을 떠나니
  지금까지 시신(侍臣)의 관 쓰는 것을 부끄러워했네.
  老去光華姦黨籍、　向來羞辱侍臣冠。'
  라고 하였는데, 사암의 뜻은 대개 이 시에 근거한 것이다."라고 하였다.
  (원주)
  우암은 송시열(1607~1689)의 호인데, 생원시에 수석으로 합격하였다.
  박순이 이끌던 서인이 뒷날 노론과 소론으로 갈려졌는데, 우암은 노론
  의 영수였다.

133

龍榜曾參第一人。　　鳳池終忝上台臣。
如何又見魁姦黨、　　自怪光華萃此身。

■

1) 원문의 용방이나 원주의 연방은 모두 문과 급제자 발표를 뜻한다. 사암
　은 명종 8년(1553년) 문과에 장원급제하였다.
2) 봉지는 봉황지(鳳凰池)인데, 궁궐을 가리킨다. 상태(上台)는 삼태성 가
　운데 윗자리라는 뜻인데, 사암이 이때 영의정으로 있었다.
3) 사암이 이때 율곡 이이와 우계 성혼을 옹호한다고 하여 호당자(護黨者)
　라고 탄핵 받았다.

임금께 숙배한 뒤에 입으로 읊다

肅拜後口號

이 늙은이가 이제야 조복을 벗었으니
새가 조롱에서 나오고 말이 재갈을 풀었네.
동산의 잔나비와 학에게 말 전하노니
강가의 단풍이 떨어지기 전에 외로운 돛을 달리라.

此翁今始解朝衫。　　鳥出雕籠馬脫銜。
寄語東山猿鶴道、　　江楓未落掛孤帆。

용산 강가의 집에서 되는 대로 짓다

龍山江舍漫成 二首

강 언덕에 홀로 섰노라니 밤이 쓸쓸한데
비 개인 모래밭은 눈 같고 강물은 하늘 같네.
속마음이 아득하니 그 누구와 함께하랴.
구름 터진 가을 하늘에 달만 둥글구나.

獨立江皐夜悄然。　　晴沙如雪水如天。
冲襟杳杳誰相伴、　　雲破秋空月自圓。

덧없는 세상 일 그지없음을 이미 알았으니
달통한 사람은 결코 기쁨과 걱정이 없네.
밝은 달빛이 하늘에 가득하고 가을 물은 푸른데
갈매기소리 속에 강가 다락에 기대어 섰네.

已知浮世事悠悠。　　達者曾無喜與憂。
明月滿空秋水碧、　　白鷗聲裏倚江樓。

■
* 계미년(1583년) 8월에 지었다. (원주)
  사암이 선조 19년(1585년) 여름에 영의정을 내놓고 영중추부사가 되었
  다가, 영중추부사에서도 해직되어 용산에 나와 쉬었다. 이 시는 이때 지
  은 시인 듯하니, 원주에서 계미년이라고 한 것은 을유년(1585년)의 잘
  못이라고 생각된다. 문집 앞뒤에 실린 시들도 그 무렵에 지은 것들이다.

봄날의 흥겨움
春日漫興 四首

두보는 술을 즐겼지만 돈이 너무나 없어
집안 식구 거느리고 떠돌아다니는 것을 술 취해 자는 셈
쳤네.
나는 아직도 내려주시는 녹봉을 받을 수 있으니
어찌 봄이 가는데 술 깬 축에 끼어 있으랴.

杜陵耽酒苦無錢。　　　率府逍遙爲醉眠。
顧我尙能霑賜俸、　　　如何春去獨醒邊。

수없이 많은 복사꽃이 가는 곳마다 만발해
사람마다 술에 취해 봄바람에 답하네.
나는 이제 늙고 게을러 잠자고 싶은 생각뿐이라
짙붉은 꽃이 연붉은 꽃에 비쳐도 내버려두네.

無數桃花著處穠。　　　人人扶醉答春風。
吾今老懶惟思睡、　　　遮莫深紅映淺紅。

사은숙배한 뒤에 느낌이 있어 짓다

肅謝後有感

청운의 반열 속으로 허리 굽히고 들어갔는데
백옥당 섬돌 앞에서 늙고 마른 모습이 되었네.
이 몸이 지친 새 같아 스스로 부끄럽기에
짧은 글로 이제 다시 돌아가 농사짓기를 빌었네.

青雲班裏傴傻入、　　　白玉墀前老瘦容。
自愧此身如倦鳥、　　　短書今更乞歸農。

━
＊ 사암이 영의정 사임하기를 청하자, 선조가 윤허하였다. 이를 고마워하
　며 사은숙배한 것이다.

138

숲속의 사당

叢祠

시골 무당과 마을 늙은이들이 잇달아 달려가니
옛사당에 먼지 쌓이고 그림벽은 뚫려 있네.
술과 고기는 이미 썩었고 노래와 춤도 흩어졌는데
찌꺼기가 까마귀와 솔개를 싸우게 만드네.

野巫村叟走聯翩。　　　古廟塵籠畵壁穿。
酒肉已陳歌舞散、　　　殘餘還使鬪烏鳶。

* 용산에 있다. (원주)

호남으로 돌아가는 행사산인을 배웅하다
送行思山人歸湖南

행각승[1]은 바람같이 떠돌며 나루터를 묻지 않으니
고향으로 돌아가도 역시 손님일세.
강가 성읍에는 곳곳에 매화가 피었을 텐데
같이 따라가 봄구경 못 하는 것이 한스러워라.

雲水飄然不問津。　　故鄕歸去亦爲賓。
江城處處梅花發、　　恨未相隨看早春。

■
1) 원문의 운수(雲水)는 행각승이다. 행운유수(行雲流水)같이 한 곳에 머물
러 있지 않고 곳곳으로 떠돌아다니기 때문에 운수라고 부른다.

숙배한 뒤에 영평으로 돌아오다

肅拜後歸永平

임금 은혜에 보답할 길 없어 한 치 마음 걷잡지 못하고
남은 해골 추려서 들판 사립문으로 돌아왔네.
한 점 종남산[1]은 차츰 멀리 보이는데
서풍이 푸른 송낙 옷에 눈물을 떨어뜨리네.

答恩無術寸心違。　　收得殘骸返野扉。
一點終南看漸遠、　　西風吹淚碧蘿衣。

---

1) 이 시에서는 서울에 있는 남산을 가리킨다.

살 곳을 정하다
卜居 四首

1.
병을 안고 풍진 속에서 몇 해나 지났는지
오가는 동안에 벌써 흰 수염이 되었네.
이번에는 산 속으로 나무덤불 헤치고 가니
선생이 늙으면서 더 우둔해졌다고 사람들이 웃겠네.

抱病風塵歲幾徂。　　低徊已到白髭鬚。
山中此去披榛莽、　　人笑先生老更愚。

3.
동쪽으로 가는 차림이 가래삽 하나뿐이라
소릉¹⁾이 죽은 뒤에 사암이 또 있네.
백발을 쓸어 버릴 것으로 황정이 있으니
가을 산 푸른 산기운 속에서 캐기 좋구나.

東去行裝只一鑱。　　少陵身後又思庵。
掃却白髮黃精在、　　好向秋山斸翠嵐。

■
1) 하얀 나무자루 길다란 삽에다
　 내 목숨을 맡겼네.
　 長鑱長鑱白木柄。　　我生托子以爲命。
　 - 두보 〈건원중우거동곡현작7수(乾元中寓居同谷縣作七首)〉 2
　 소릉은 두보가 살던 곳인데, 그의 호이기도 하다.

4.

우두천 가에 나그네 한가로워

푸른 나무 천 겹 속에 집 한 칸이 있네.

농사일을 여지껏 배우지 못해

흰머리로 거친 산에 괭이질하기 참으로 괴로워라.

牛頭川上客乘閒。　　空翠千重屋一間。

農圃向來嗟未學、　　白頭良苦斸荒山。

종현산

鍾賢山

여지껏 현자를 얼마나 냈는지[1] 모르지만
푸른 봉우리 높이 솟아 흰 구름을 끊었네.
강남의 촌 늙은이가 이제야 와서 누워
묵은 밭을 태워서 콩과 조 풍년 들기를 비네.

未識曾生賢幾許、　　　青巒高截白雲叢。
江南野老今來臥、　　　惟祝燒畬菽粟豊。

■
1) 종현산(589m)은 포천시 신북면 삼정리와 연천군 경계에 있는 산인데,
　　사암의 묘가 있다. '현자를 내는 산'이란 뜻인데, 현(賢)자 대신에 현
　　(懸)자를 쓰기도 한다.

보장산

寶藏山

산 이름이 보물을 지녔다니 무슨 보물을 내려는 건지
바위 아래 사는 중은 굶주림에만 시달리네.
아마도 현주(玄珠)가 나와 돈 많은 할미에게 주어졌을 텐데[1]
이제는 망상(罔象)[2]이 없으니 세상에 그 누가 알랴.

山名寶藏生何寶、　　　巖下居僧只苦飢。
恐有玄珠遺富嫗、　　　今無罔象世誰知。

■
* 보장산(555m)은 포천시 창수면 신흥리와 운산리 사이에 있는 산이다.
1) 황제가 적수 북쪽에서 놀다가 곤륜산 언덕에 올라 남쪽을 바라보고 돌
   아오는 길에, 그의 현주를 잃어버렸다. 지(知)를 시켜 찾게 했지만 찾지
   못했고, 이주(離朱)를 시켜 찾게 했지만 찾지 못했으며, 끽후(喫詬)를
   시켜 찾게 했지만 찾지 못했다. 마침내 상망을 시켰더니 곧 찾아내었다.
   그러자 황제가 이렇게 말했다.
   "기이하구나! 상망만이 찾아내다니."
   -《장자》〈천지편〉
2)《장자》에서는 상망(象罔)이라고 하였다. 현주(玄珠)는 도(道)이고, 지
   (知)는 지혜이다. 끽후는 언변이고, 상망은 형상이 뚜렷치 않은 것을 뜻
   한다.

불정산

佛頂山

불골이 이미 없어졌는데[1] 불정은 남아 있어
하늘 가운데 우뚝 서 있는 것이 아직도 보이네.
가을바람은 그 집안의 일을 상관하지 않고
시 지으라고 불어와 수놓은 비단 무더기를 만들어 주네.[2]

佛骨已無餘佛頂、　　　尙看天半立崔嵬。
秋風不管渠家事、　　　吹作詩邊錦繡堆。

■
1) 불가에서 화장하면 불골은 없어지고 사리만 남는데, 불정이라는 이름은
   여전히 남아 있다는 뜻이다.
2) 가을바람이 불정산을 단풍들게 하여 시를 짓게 만들었다는 뜻이다.

돌 위에 이름이 새겨져 있어
亭臺溪巖皆有名號刻石其上因感而賦之

바위 귀퉁이에 이름을 새기느라 애쓰며 나날을 보냈으니
오래도록 하늘과 같이 남아 있기를 바래서일세.
슬프구나, 눈 깜짝할 사이 회겁에 따라
개울이 돌아가고 산이 묻혀 버릴지 뒷일을 누가 알랴.

鏤字巖阿勞費日、　　　擬將悠久與天期。
堪嗟一瞬隨灰劫、　　　川敎山湮後孰知。

---

* 원제목이 길다. 〈정자·누대·시내·바위에 다 이름이 있어 돌 위에 새겼
다. 그래서 느낀 바 있어 이 시를 지었다.〉

초당에 쓰다
題草堂

여름 농사에 가뭄이 들어 뜨거움을 더하니
산은 온통 타버린 자취이고 물도 끓어오르네.
불 같은 구름이 수없이 다투어 솟지만
그래도 도연명의 북창 서늘함만은 남아 있구나.

南訛帶旱增炎熇、　　　山遍燒痕水落湯。
無數火雲爭突兀、　　　尙餘陶令北窓凉。

벗에게 답하다

答友人

벗이 나더러 동쪽으로 돌아온 뜻을 물었기에
덧없는 인생이 돌아와 머물 곳이라고 대답하였네.
단지 흰구름과 산달 때문에 온 것이지
돌밭의 추수가 많지는 않을 걸세.

故人問我東歸意、　　自許浮生着處家。
只爲白雲山月去、　　石田秋穫未應多。

감사가 찰방을 시켜 수행하게 하다

監司使察訪陪行

외로운 구름과 외톨 새가 가을 산 속에 있네.
이번 길에 사자의 수행이 어찌 필요하랴.
도리어 걱정되네. 무릉 언덕의 나그네가
속세 사람 데려온다고 놀랄까 봐서.

孤雲獨鳥秋山裏、　　　此去何煩使者陪。
却恐武陵原上客、　　　便驚相引世人來。

새해 아침

歲朝

인간 세상에 섣달 끝나고 새해 아침을 맞아
좋은 옷과 풍성한 음식이 가는 곳마다 새롭네.
산 속 늙은이가 대중을 쫓아가기 어려워
막걸리와 거친 밥으로 명절에 답하는 것이 우스워라.

人間臘罷逢元日、　　　襄服豊羞着處新。
自笑山翁難逐衆、　　　濁醪糲飯答佳辰。

김생에게 지어 주다

贈金生

말을 팔아 책 사 가지고 백운산으로 돌아왔으니
그 마음 참으로 괴로워 짝할 자가 없네.
뒷날 붉은 섬돌 아래서 붓을 들게 되면
만 자의 씩씩한 말로 성군께 보답하라.

賣馬貨書歸白雲。　　　此心良苦自無群。
他年落筆丹墀下、　　　萬字雄詞答聖君。

황지천에게 삼가 답하다

奉酬黃芝川 廷彧 二首

촌막걸리 익어 가고 봄이 바야흐로 따뜻해지는데
시골 늙은이는 하는 일 없어 마음이 절로 한가하네.
바위틈에 꽃이 활짝 핀 곳을 찾아가려고
동쪽 시냇물 따라 걷다가 남산에 이르렀네.

村醪就熟春方嫩、　　　野老無營意自閒。
欲討巖花開盛處、　　　步隨東澗到南山。

천 봉우리에 눈이 없어져 모습마다 새로운데
새들도 햇빛을 받아 좋아라고 지저귀네.
듣자니 판서께서는 이제 직인을 풀어놓고
술 한 동이 마주하여 거문고를 손보신다지.

千峯罷雪渾新態、　　　百鳥迎暄摠好音。
聞道尙書今解印、　　　一樽相對爲脩琴。

∎
* (지천의 이름은) 정욱(廷彧)이다. (원주)

153

돌아오는 길에야 철쭉이 한창이길래

自禾積淵到白雲山杜鵑花已衰山榴未發及歸
弊廬躑躅方盛戲題

깊숙이 명산을 찾아 인적 끊어진 곳을 넘어가니
늦은 꽃은 아직 오무라졌고 이른 꽃은 날아다니네.
동쪽 시냇가에 철쭉이 새로 비단을 이뤘으니
선생이 흥 깨져 돌아온다고 달래 주려는 게지.

幽討名山凌絶境、　　　晚花猶澁早花飛。
東溪躑躅新成錦、　　　應慰先生減興歸。

■
* 원제목이 길다. 〈화적연에서 백운산으로 가니 진달래꽃은 이미 시들고,
  산유화는 아직 피지 않았다. 집으로 돌아가는 길에야 철쭉꽃이 한창이
  길래 장난 삼아 짓다.〉
  화적연은 포천시 영북면 자일리에 있는 못인데, 중군봉에서 흘러나오는
  한탄강 상류에 있다. 포천 8경 가운데 하나이다.

154

용화산 가는 길에서

龍化山途中

술 싣고 책 껴안고 먼 데서 오는데
겨우 긴 골짜기 지나자마자 또 산등성이가 포개졌네.
그윽한 시냇가에는 하루가 다하도록 만나는 사람도 없고
멋대로 난 바위의 꽃과 시냇가 풀만이 향기로워라.

載酒抱書行自遠、　　　纔過修峽又重崗。
幽溪盡日無人會、　　　隨意巖花澗草香。

우연히 읊다

偶吟

촌늙은이가 술병을 가지고 맞아 주어서
방초에 앉아 시냇물 소리를 듣네.
술 마시고 나면 어디로 돌아갈까.
달은 초가집 처마로 들어가고 평상 하나만 평평해라.

野老相邀挈瓦瓶。　　坐因芳草聽溪聲。
此身飲罷歸何處、　　月入茅簷一榻平。

능인의 시축에 쓰다
題能引詩軸

도의 기미가 익었는데도 재주가 많아
추혁[1]의 풍류에 더욱 탐닉하네.
산빛 속에서 종횡으로 한 판 두는 것이
코끝이나 바라보며 참선하는 것보단 낫겠네.

道機已熟還多技、　　　秋奕風流爾更耽。
一局縱橫山色裏、　　　却勝寥落鼻端參。

■
* 능인이 바둑을 잘 두었다. (원주)
1) 바둑의 수가 적지만, 거기에 마음을 오로지 쏟지 않으면 제대로 수를 배
  울 수가 없다. 혁추(奕秋)는 온 나라 안에서 바둑을 가장 잘 두는 자이
  다. 혁추를 시켜서 두 사람에게 바둑을 가르치라고 했는데, 한 사람은
  마음을 오로지 바둑 배우는 데에만 쏟아서 혁추가 가르치는 말만 들었
  다. 그러나 다른 한 사람은 듣기는 하면서도 마음 한구석에선
  "기러기가 날아오면 활을 당겨서 주살을 매어 쏘아야지."
  라는 생각이나 하고 있었다. 비록 그들이 함께 배웠다지만, 바둑의 수가
  같지는 않을 것이다. 그들의 지혜가 같지 않았기 때문이겠느냐? 그렇지
  않다. - 《맹자》〈고자〉 상
  '혁추'는 '바둑을 잘 두는 추'라는 뜻이다. 능인이 바둑을 잘 두었기 때
  문에 혁추 이야기를 끌어들인 것이다.

느낌이 있어 짓다

有感

헛되이 은총 받다가 외로운 그림자만 남았네.
명군의 시대에 홀로 술 깨어 있었으니[1] 부끄러워라.
오직 푸른 산만은 끝내 나를 저버리지 않아
흰머리로 돌아와 작은 별들을 벗삼네.

虛霑寵渥餘孤影。　　　自愧明時效獨醒。
惟有碧山終不負、　　　白頭歸伴小微星。

1) 굴원이 지은 〈어부사〉에서 어부가 굴원에게 "세상 사람들이 모두 취했
는데, 그대만 어찌 술지게미를 먹고 모주를 마시지 않는가?"라고 충고
하였다. 그러자 굴원이, "새로 머리를 감은 자는 반드시 관의 먼지를 털
고, 새로 멱감은 자는 반드시 옷의 먼지를 턴다."고 말하였다.

평구 찰방에게 지어 주다
贈平丘察訪

천 봉우리 가을 경치가 싸리문을 둘러쌌는데
동자가 아침마다 흰구름을¹⁾ 쓸어내네.
새 거처에 생계가 없다고 말하지 말게.
숲속에 가득한 산열매가 봉군²⁾과 맞먹네.

千峯秋色擁柴門。　　童子朝朝掃白雲。
莫道新居無活計、　　滿林山果比封君。

1) 원문의 백운은 사암이 머물던 백운산이기도 하다.
2) 군(君)에 봉해지면 땅을 주었다. 이 시에서는 봉군의 수입을 뜻한다.

인삼을 캐다
採人蔘

아홉 줄기 신선초야[1] 지금 보기가 어렵지만
사람 모습의 다섯 잎 뿌리도 역시 먹을 만해라.
구름에 얽혀 천 년 묵은 늙은 뿌리가 있을 테니
삽 가지고 멀리 흰구름[2] 끝을 파네.

九莖仙草今難見、　　五葉人形亦可餐。
應有椵雲千歲老、　　把鑱遙斸白雲端。

■
1) 여름에 궁전 방 안에서 영지가 자랐다. (줄임) 이에 천자가 조서를 내렸다.
　"감천궁 방 안에 영지 아홉 포기가 자랐으니, 특별히 천하에 대사면을
　실시하고, 죄수들의 감옥 밖 노역을 면제하라." -《사기》권12〈효무본
　기(孝武本紀)〉
2) 사암이 머물던 백운산이기도 하다.

이가 부러졌기에 장난삼아 짓다

齒碎戲題

이 늙은이 풍류가 사씨와 다른데다[1]
산 속에서 어찌 북을 내던지는 사람이 있으랴.
이빨이 저절로 떨어져 밥을 못 먹게 하니
죽 쑤는 것이 오히려 가난한 살림에 어울리겠네.

老子風流非謝氏、　　　山中豈有擲梭人。
自凋牙齒妨餐飯、　　　煮粥還宜白屋貧。

---

1) 진나라 사곤이 이웃집 고씨네 미인을 유혹하자, 그녀가 베 짜던 북을 내
   던져 사곤의 앞니 두 개가 부러졌다.

산으로 돌아오다

歸山

집안 묵은 살림에는 명아주 국거리도 없고
골짜기로 농사지으러 돌아왔지만 머리는 벌써 세었네.
스산한 여우와 토끼 굴만 눈에 가득한데
새벽밥 먹고 쟁기 사서 한 마리 소에 걸어 매네.

家無舊業資藜糝、　　谷口歸耕已白頭。
滿目蕭蕭狐兔穴、　　買犁晨飯駕孤牛。

이장영이 경차관으로 찾아오다
李正長榮以敬差官歷訪

훌륭한 말 타고 골짜기에 찾아오리라고 누가 생각했으랴.
산새들을 화려한 비녀로 놀라게 만들었네.
그윽한 거처에 일이 없어 사람도 오지 않기에
문 앞을 쓸지 않아 낙엽이 깊어졌네.

誰料乘驄來谷口、　　　却敎山鳥恠華簪。
幽棲簡略休人事、　　　不掃門前落葉深。

■

* 이장영(1531~?)의 자는 수경(壽卿)이고, 호는 죽곡(竹谷)이다. 명종 13
년(1558년) 문과에 급제하고, 선조 20년(1586년) 문과 중시에 선공감정
(繕工監正, 정3품)으로 급제하였다. 이 무렵에 경차관이 되어 사암을 찾
아온 것이다.
경차관은 조선시대 중앙 정부의 필요에 따라 특수 임무를 띠고 지방
에 파견된 관리이다. 국방·외교·재정·산업·진제(賑濟)·구황·옥사·
추쇄(推刷)의 업무를 담당하는 여러 종류의 경차관이 있었는데, 청렴
정직한 5품 이상의 관원을 파견하였으며, 때로는 당상관을 보내기도
하였다.

조밥
粟飯

아이가 조밥을 짓느라 낙엽 태우니
숲 사이로 한낮에 밥 짓는 연기가 오르네.
어찌 애써서 흰 쌀밥만 맛있다고 생각하랴.
한번 배부르면 결국 만 전 성찬이나[1] 마찬가진데.

兒煮黃粱燃落葉、　　林間日午起炊烟。
何勞更憶長腰美、　　一飽終同食萬錢。

■
1) 좌상 이적지는 하루 술값이 만 전일세.
　　큰 고래가 온갖 강물을 들이키듯 퍼마신다네.
　　左相日興費萬錢。　　飮如長鯨吸百川。
　　- 두보 〈음중팔선가〉

감흥
感興 四首

기리계는 유씨를 편안하게 여겼고[1]
방덕공은 녹문산에 숨었다고 하네.[2]
생각해 보니 나오고 숨는 것이 모두 꿈이라
백운이 그래도 청운보다는 낫네.[3]

曾聞綺季安劉氏、　　復道龐公隱鹿門。
料得行藏都是夢、　　白雲猶自勝靑雲。

1) 기리계(綺里季)는 상산사호(商山四皓)의 한 사람인데, 진나라 때에 혼란을 피해 상산에 숨었다. 그러다가 유방이 한나라를 창업한 뒤에 태자의 빈객이 되어 궁중에 나타났다.
2) 방덕공(龐德公)은 한나라 때의 은자인데, 현산 남쪽에 살면서 성내에 들어간 적이 없었고, 유표가 불러도 굽히려 들지 않았다. 뒤에 처자를 이끌고 녹문산으로 들어가 약을 캐면서 살고, 돌아오지 않았다.
3) 사암 자신이 살고 있던 백운산이 조정의 고관 자리보다 낫다는 뜻이다.

깊은 산에 한 해가 저무니 늑대와 범이 우쭐대는데
싸리문 안에 틀어박혀 누워서 책만 보네.
벗에게서 소식 한 자 없다고 탓하지 않으니
내가 이곳에 온 것도 고즈넉하게 살기 위해서라네.

深山歲暮驕豺虎、　　　反鎖荊門臥看書。
不恨故人無一字、　　　我來都爲寂寥居。

나는 거문고를 탈 줄 모르지만

余不解琴然愛琴常置座隅戱題

옥 오리발에 붉은 줄이 부질없이 벽에만 기대 있으니
주인이 전혀 거문고 탈 줄을 모르기 때문일세.
누가 말했던가, 줄 없는 거문고 늙은이에게[1] 도리어 부끄
럽다고
망가짐과 이루어짐이 거문고 타는데 달려 있다고 하던데.

玉軫朱絲空倚壁、　　主人曾未解操音。
誰言反愧無絃叟、　　聞道虧成在鼓琴。

■
* 원제목이 길다. 〈나는 거문고를 탈 줄 모르지만, 거문고를 좋아해서 늘
　자리 한구석에 놓아두었다. 그래서 장난 삼아 짓다.〉
1) 도연명은 음률을 알지 못했으므로 줄이 없는 거문고를 마련해 놓고, 술
　이 적당히 취하면 문득 거문고를 어루만지며 자기의 뜻을 붙였다. - 소
　명태자 〈도정절전(陶靖節傳)〉

동지 전날
小至 二首

천근¹⁾에서 천둥이 일어나는데 현주²⁾는 담백해라.
끝도 없고 처음도 없이 저절로 돌아가네.
육룡이 해를 치켜세우고³⁾ 남쪽 땅으로 돌아가니
만 가지 변화가 이 어간에서 다시 새로워지네.

雷起天根玄酒淡、　　　無端無始自循環。
六龍捧日回南陸、　　　萬化重新在此間。

■

1) 천근은 별 이름인데, 28수의 셋째인 저(氐), 또는 둘째 항(亢)과 셋째 사이에 있는 별이라고 한다. 하늘의 맨 끝을 천근이라고도 한다.
2) 종묘의 제주(祭酒), 즉 물이다. 사암이 동지 전날 천둥소리를 들으며 박주(薄酒)를 드는 듯하다.
3) 《주역》〈건괘〉에 "때때로 육룡을 타고서 하늘에 오른다[時乘六龍以御天]"라고 하였다. 동짓날부터 양기가 새로 생겨나므로, 육룡이 해를(양기를) 올린다고 한 것이다.

천연이 풍수 지리를 알아서

天然解地理相吾卜居日水勢貪狼法當不貧戲
題

산 속 스님이 내가 잡아놓은 집터를[1] 보고는
물이 탐욕스런 늑대 형국이라 이(利)가 그곳에 있다고 하네.
생계를 꾸려 가기에는 이제부터 넉넉하니
서산에서 약초를 캐고 북쪽·시내에서 고기를 잡네.

山僧相我誅茅處。   水帶貪狼利厥居。
料得謀生從此足、   西山採藥北溪漁。

* 원제목이 길다. 〈천연이 풍수 지리를 알아 내가 잡아놓은 집터를 보고
  말하기를, "수세(水勢)가 탐욕스러운 늑대 형국이니, 법으로는 가난하지
  않을 것이다"고 하였다. 그래서 장난 삼아 짓다.〉
1) 원문의 주모처(誅茅處)는 집을 세우기 위해서 나무를 쳐버린 곳, 즉 집
   터이다.

백옥봉 만시
白玉峯光勳挽

해진 책과 깨진 벼루는 외로운 널을 따라가고
아득한 나그네 혼은 은하수 나루를 건너가네.
옛부터 재주 있으면 운명이 많이 기박해서
부질없이 진기한 보물을 궁벽한 진토에 버려지게 했네.

殘書破硯隨孤櫬。　　迢遞羈魂渡漢津。
從古有才多命薄、　　漫敎奇寶委窮塵。

---

* 옥봉은 백광훈(1537~1582)의 호이고, 자는 창경(彰卿)인데, 사암의 문
인이다. 명종 19년(1564년)에 진사가 되었지만, 대과에 응시하지 않고
산수에 노닐며 시를 즐겨 지었다. 노수신을 따라 백의로 명나라 사신과
응대하였으며, 선릉참봉이 되었다. 역시 사암의 문인인 손곡 이달·고죽
최경창과 함께 3당시인으로 이름을 날렸다. 서법도 영화체(永和體)로
뛰어났다.

이양정 벽에 쓰다
題二養亭壁

골짜기 새소리만 때때로 들려오고
쓸쓸한 침상에는 여러 책들이 흩어져 있네.
언제나 백학대 앞의 물이
산문을 나가자마자 흙탕물에 섞여 한스러워라.

谷鳥時時聞一箇。　　　匡床寂寂散群書。
每憐白鶴臺前水、　　　纔出山門便帶淤。

오언율시

思菴
朴淳

찰방 김청이 술을 들고 찾아와 고마워하다
謝金察訪淸携酒來訪

나그네가 사립문 밖에 서 있는데
훤칠한 장자의 모습일세.
먼지 낀 자리를 쓸 겨를도 없이
아이가 달려가 빗장을 열었네.
옛정으로 푸른 눈동자 돌리고[1]
새로 걸른 막걸리가 옥병에 가득해라.
취기가 와서 함께 웃었으니
외로움 달래 주어 자못 고마워라.

客立柴扉外、　　頎然長者形。
塵筵未遑掃、　　童子走開扃。
舊好回靑眼、　　新醪滿玉瓶。
醉來諧笑並、　　殊謝慰伶俜。

■
* 김청의 자는 덕형(德洄)이고, 호는 지재(止齋)이다. 명종 8년(1553년) 문
 과에 급제하고, 12고을 수령을 거쳐, 대사간을 지냈다.
1) 진(晉)나라 때에 죽림칠현 가운데 한 사람이었던 완적이 상을 당하였는
 데, 혜희가 찾아와 문상하자 흰 눈동자로 쳐다보았다. 그러나 그의 아우
 인 혜강이 술과 거문고를 가지고 찾아오자 검은 눈동자로 맞아들였다.
 백안시와는 반대로, 반갑게 맞아들인 것이다.

175

동지 박이정 만시
朴同知頤正挽

이 노인은 평생에 운이 없었으니
그 누가 나라에 이런 선비 있었음을 알랴.
장작이 쌓이듯 밑에 깔려 장유¹⁾를 불쌍히 여기고
논설을 쓰기로는 〈잠부론〉²⁾을 배웠네.
본래 생업으로는 어린 고아들만 여럿 남았고
묻혀 있는 곳에는 온갖 풀이 무성해라.
생사가 갈려 다시 만나지 못하게 되니
눈물도 다 말라 구름을 바라보며 부르네.

■

* 동지는 동지중추부사(종2품)의 준말이다.
1) 땔나무를 쌓으면 나중 것이 위로 올라간다. 그와 같이 후진들이 위에 올
   라가고, 선배들이 뒤에 처지는 일이 생긴다. 장유는 한나라 무제 때의
   어사대부인데, 선비들을 많이 천거하여 후배들에게 흠모 받았다. 그러
   나 재관장군으로 어양에 주둔하다가 흉노에게 패전하여 소외되자, 피를
   토하고 죽었다.
2) 한나라 왕부(王符)가 강직해서 세속과 어울리지 못했으므로, 숨어 살면
   서 저술하여 당시의 득실을 논하였다. 자기 이름을 드러내지 않으려고,
   글 이름도 〈잠부론(潛夫論)〉이라고 하였다. 난세를 바로잡기 위하여 정
   치의 득실을 중심으로 여러 가지 일을 논평하였는데, 모두 10권이다.

176

此老生無命、　　誰知國有儒。
積薪憐長孺、　　著論學潛夫。
素業諸孤弱、　　幽居百草蕪。
存亡不重見、　　淚盡望雲呼。

청풍현감으로 가는 남시보를 배웅하다

送南時甫彦經宰淸風

푸른 산 먼 곳으로 사또가 되어 나가니
구름과 송낙의 나그네길이 치우쳐 있네.
헤어진 시름은 외로운 기러기 따라가고
가을 생각은 어지러운 봉우리 마루턱에서 나네.
관원의 녹봉으로 붉게 변한 곡식을 받고
손님의 밥상에는 마¹⁾를 올리네.
강가 다락에서 새로 지은 시를 읊으면
틀림없이 잘 다스렸다는 칭찬과 함께 전해지겠지.

■

* (남시보의 이름은) 언경이다. (원주)
  남언경의 호는 동강(東岡)이고, 시보는 그의 자이다. 명종 21년(1566년)
  에 학행으로 천거되어 헌릉참봉에 임명되었다. 화담 서경덕의 문인으로
  양명학을 배워 퇴계를 비판하다가, 주자학파에게 탄핵 받아 공조참의에
  서 파직되었다. 양근 영천동에 물러나 한거하다가, 67세에 세상을 떠났
  다. 양근의 미원서원에 제향되었다.
  청풍은 충청북도 제천군 청풍면 지역에 있던 조선시대의 군이다. 현종
  1년(1660년)에 부(府)로 승격되었다가, 고종 32년(1895년)에 군이 되었
  다. 1914년 제천군에 병합되어 읍내면이 되었다가, 1917년에 청풍면으
  로 고쳤다.
1) 원문의 연(涎)자는 연(延)으로 고쳐야 하는데, 옥연은 산에서 나는 마이
   다. 한약명으로는 산약(山藥)이라고 한다.

出宰蒼山遠、　　雲蘿客路偏。

離愁孤鴈外、　　秋思亂峯巔。

吏俸輸紅粟、　　賓盤薦玉涎。

江樓發新詠、　　應共政聲傳。

아산으로 가는 안민학을 배웅하다

送安敏學赴牙山

강호에서 한 해 넘게 헤어져 있었는데
그대는 또다시 이 길을 떠나네.
그대만 홀로 술 깨어 있는데 남들은 다 취해 있어
외롭게 소리치니 세상이 다 놀라네.
바다의 달은 마음 아프게 환하고
관아의 매화는 눈에 비치도록 밝아라.
시속을 바로잡으려면 곧은 선비가 필요하니
우리의 도가 끝내는 형통하리라.

湖外經年別、　　　嗟君又此行。
獨醒人盡醉、　　　孤雛世皆驚。
海月傷心白、　　　官梅照眼明。
匡時須直士、　　　吾道竚終亨。

---

* 안민학(1542～1601)의 자는 습지(習之)이고, 호는 풍애(楓厓)인데, 율곡
  의 문인이다. 명종 16년(1561년)에 학행으로 천거되어, 희릉참봉을 거
  쳐 여러 곳의 현감을 지냈다. 아산현감으로 나간 것은 선조 16년(1583
  년)이다.

쌍봉사로 돌아가는 설간상인을 배웅하다
送雪幹上人歸雙峯寺

동림[1]의 달을 애타게 그리워하다가
이제 하계의 사람을 하직하네.
술잔 띄우고[2] 여기서 떠나가면
또 어느날에야 손 잡게 되려나.
아무도 없는 산길에는 섣달 눈이 쌓이고
매화 핀 옛절에는 봄이 찾아왔네.
푸른 구름 먼 곳을 생각하면서
초췌하게 풍진 속에 나 혼자 머물러 있네.

■

* 쌍봉사는 전라남도 화순군 이양면 증리 계당산에 있는 절인데, 대한불
  교 조계종 제21교구 본사인 송광사의 말사이다. 신라 경문왕 때 철감선
  사가 중국에서 귀국하여 산수가 수려한 것을 보고 창건하였다. 철감선
  사의 법력과 덕망이 널리 퍼지자 왕이 궁중으로 불러들여 스승으로 삼
  았는데, 창건주 철감선사의 도호가 쌍봉이었으므로 절 이름을 쌍봉사
  라고 하였다. 국보 제57호 철감선사탑과 보물 제170호 철감선사탑비가
  있다.
1) 진나라 혜원법사가 여산 호계(虎溪) 동림사에 있을 때에 혜영·도생 등
   의 스님들과 뇌차종·종병·유유민 등의 이름난 선비들이 모여들었으며,
   사령운·도연명 같은 시인들도 모여들었다. 동림사는 유·불·선이 어울
   렸던 절인데, 이 시에서는 사암 자신과 어울리던 설간상인의 쌍봉사를
   가리킨다.
2) 이름을 알 수 없는 진(晉)나라 스님이 늘 나무잔을 띄워 물을 건넜다. 그
   래서 사람들이 그를 배도화상(杯渡和尙)이라고 불렀다. 이 시에서는 스
   님이 배를 타고 떠난다는 뜻일 수도 있고, 술잔을 물에 띄우고 풍류를
   즐기며 배웅한다는 뜻일 수도 있다.

苦憶東林月、　　　今辭下界人。
浮杯從且去、　　　携手更何辰。
臘雪空山路、　　　梅花古寺春。
相思碧雲遠、　　　憔悴在風塵。

퇴계 선생 만시
退溪先生挽

신령한 이치는 원래 어둡고 막연하지만
공이 어찌 갑자기 이 지경에 이르셨나.
하늘 한가운데서 주춧돌을 옮기고
나라 진산의 기반이 무너졌네.
끊어진 학통을 누가 이으려나
남긴 책이나마 엿볼 수 있으리라.
서늘한 달의 자취에서
천 년을 두고 흉도를 보게 되리라.

神理元冥漠、　　公胡遽至斯。
中天移柱石、　　鎭國毀山基。
墜緖嗟誰繼、　　遺編尙可窺。
淸凉一痕月、　　千古見襟期。

■
* 퇴계 이황은 선조 4년(1570년)에 세상을 떠났다.

이일재 만시
李一齋恒挽

위대한 용사는 분육[1]을 무시하니
흩어진 마음을 수습하면 성현이 생겨나네.[2]
푸르고 넓은 하늘에서 호연지기를 길러
요체의 묘리를 참되게 전수받았네.
하늘 위에는 바람과 구름이 끊어지고
산 속에는 세월이 바뀌었는데,
스승이 갑작스레 없어져
뜻있는 선비들이 더욱 눈물 흘리네.

■

* (일재의 이름은) 항이다. (원주)
  이항(1499~1576)의 자는 항지(恒之)이고, 일재는 그의 호이다. 학행으
  로 천거되어 장악원정(掌樂院正)까지 올랐다. 성리학 연구에 힘써 이기
  일원론을 펼쳤다.
1) 분육은 맹분(孟賁)과 용육(勇育)인데, 진나라 무왕의 장사이다. 힘이나
  잘 쓰는 무사는 참된 무사가 아니라는 뜻인데, 이항이 처음에는 무예를
  익히다가, 뒷날 무예보다 경전을 받들었기 때문에 참다운 무사라고 한
  것이다.
2) 인(仁)은 사람이 지녀야 할 마음이고, 의(義)는 사람이 가야 할 길이다.
  바른길을 버리고 따르지 않으며, 바른 마음을 잃고서도 찾을 줄을 모르
  다니, 참으로 슬프구나. -《맹자》〈고자(告子)〉상

大勇無賁育、　　　收心有聖賢。
蒼茫培浩氣、　　　要妙得眞傳。
天上風雲斷、　　　山中歲月遷。
師資遽淪沒、　　　志士更潸然。

단발령

斷髮嶺

임금의 수레가[1] 일찍이 머무른 곳에
겹쳐진 고개가 하늘과 경계 지으며 멀리 뻗었네.
세속 이야기에는 또한 잘못이 많으니
동쪽을 돌아본 것은[2] 지방 민정을 살피기 위해서일세.
담쟁이 칡덩굴에도 어기(御氣)가 통했고
잔나비와 새들까지도 용무늬를 알아보았네.
오늘 황폐한 망대 아래서
외로운 신하는 눈물이 다시 흐르네.

六飛曾住馭、　　重嶺界天長。
俗語還多誤、　　東巡是省方。
薜蘿通御氣、　　猿鳥識龍章。
今日荒臺下、　　孤臣淚更滂。

■
* 단발령은 천마산에 있다. (회양도호)부와의 거리는 154리이다. 세상에
  서 말하기를, "속세의 사람이 이 고개에 올라와 금강산을 보면 머리를
  깎고 중이 되고 싶어진다."고 한다. 그래서 (단발령이라고) 이름지은 것
  이다. -《신증 동국여지승람》권47 〈회양도호부〉산천조
  단발령(834m)은 강원도 김화군 통구면과 회양군 내금강면 경계에 있는
  고개인데, 이곳에 올라가면 금강산이 바라보인다. 마의태자가 이곳에서
  머리를 깎았다고 하여 '단발령'이라는 이름이 붙었다고도 한다.
1) 원문의 육비(六飛)는 임금의 수레를 끄는 여섯 마리의 말이다.
2) 고려 태조가 단발령에 올라왔다가 중이 되려고 했다는 전설도 있다.

명나라 사신 구희직의 〈배기자묘〉 시에 차운하다

次歐天使拜箕子廟韻

동쪽 황량한 곳에 이 노인을 묻어[1]
은나라의 도가 이제는 쓸쓸해졌네.
이끼 낀 비석에서 글자를 찾아보기 어려우니
봄 잔디도 몇 차례나 해를 넘겼나.
그 옛날의 정전(井田)[2]은 밭길이 메워졌고
낮은 밭두덕에는 사슴이 자고 있네.
나그네가 와서 부질없이 눈물 흘리다가
작은 시냇가에서 차가운 막걸리를 드네.

■

* 선조 2년(1568년) 2월에 명종의 시제(諡祭)를 위해 명나라에서 태감 장조(張朝)를 사신으로 보냈다. 이때 서울로 들어오던 길에서 부사 구희직(歐希稷)이 평양 기자묘(箕子廟)에 들려 시를 지었는데, 접반사(接伴使)로 임명되었던 사암이 그 시에 차운한 것이다.

1) 이 노인은 물론 기자(箕子)인데, 기자가 평양까지 왔다는 증거는 없다. 고려 숙종 7년(1102년)에 정당문학 정문이 기자묘를 세우자고 건의하여 1107년에 기자사(箕子祠)가 세워졌으며, 조선시대에 들어와 숭유정책으로 기자가 더욱 존숭되었다. 태종 때부터 단군을 함께 모시다가, 세종 11년(1429년)에 기자사 부근에 단군사당을 따로 지었다. 광해군 4년(1612년)에 기자사의 칭호를 숭인전으로 고쳐 사액(賜額)하고, 선우씨가 기자의 후손이라고 하여 그 자손들이 사당을 관리하게 하였다. 중국에서 사신이 오면 으레 기자 사당에 들려서 참배하였다.

2) 기자가 조선에 와서 주나라의 정전제(井田制)를 실시하였다고 하는데, 그 자취가 평양 외성 함구문과 정양문 사이에 64구(區) 남아 있었다. 이

東荒埋此老、　　殷道已蕭然。
苔石難尋字、　　春莎幾度年。
古田阡澮沒、　　低壟鹿麋眠。
客至空流涕、　　寒醪酌小涓。

■

정전의 기본 구조는 64묘(畝)의 면적인 4개의 '구(區)'와 십자(十字) 모양의 일묘로(一畝路)로 구성된 '전(田)'이 가로 세로 각 4열씩 모두 16개 배치되고, 각 '전(田)' 사이에 3묘 넓이의 삼묘로(三畝路)가 갖춰진 형태이다. 64구의 기본 구조를 이루는 하나의 '구(區)'는 고구려척을 기준으로 가로 세로 각 512척 크기의 정방형을 이루고 있으며, 64구의 기본 구조도 또한 정방형을 갖추고 있다. 그러나 이와 같은 형태의 밭이 실제로 기자가 와서 실시한 정전제가 아니라, 고구려의 평양 천도를 전후한 시기에 이뤄진 도성의 도시 계획이었다는 학설도 있으며, 고구려가 멸망한 뒤에 주둔했던 당나라 군사가 설치했던 둔전(屯田)의 자취였다는 설명도 있다. 이 정전에 대해서는 고려 때까지 세를 거두지 않다가 조선 태조 때에 이르러 십일세(什一稅)를 거두기 시작했는데, 광복 전까지 그 흔적이 남아 있었다고 한다.

영평 시냇가 돌 위에 쓰다

題永平溪石上

늙고 지쳐서 궁궐을 하직하고
띠풀과 가시를 적성산[1]에 둘러놓았네.
고기잡이와 나무하기가 들사람 성품에 어울리고
웃고 이야기하며 촌사람들과 친해졌네.
길을 쓸면 구름 기운이 머물고
묵은 밭을 태우면 불타는 소리 시끄럽네.
어찌 반드시 복숭아나무를 심어야만 하랴
제멋대로 온갖 꽃들이 환하게 피었는데.

老罷辭丹禁、　　茅茨帶赤城。
漁樵宜野性、　　談笑狎村氓。
掃徑留雲氣、　　燒畬費火聲。
何須種桃樹、　　隨意百花明。

■
1) 중국 절강성 천태현에 있는 산인데, 천태산에 들어가려면 이 산을 거쳐
   야 했다. 이 시에서는 사암이 은퇴해 쉬고 있던 백운산을 가리킨다.

산인에게 지어 주다

贈山人

땅이 외져서 함께 살 이웃이 없고
중의 오두막만 내 집 가까이 있네.
고상한 시를 지어 이따금 물어오고
맛있는 열매 떨어지면 주워 가지고 오네.
불법을 물으면 서로 토론하며 이야기하고
꽃구경하는 취미도 또한 같아라.
두 해 동안 다정하게 어울렸지만
벗으로 삼기엔 진토에 물든 것이 부끄러워라.

地僻無隣幷、　　僧盧近我棲。
高詞隨問訊、　　佳果落提携。
問法談相折、　　看花趣自濟。
二年情爛熳、　　求友愧塵泥。

홍생에게 지어 주다

贈洪生

살림은 쌀겨와 밀기울 대기도 어렵고
비바람도 쑥대로 가렸네.
도기(道氣)는 모군[1]과 한세대이고
신선의 자태는 허연과 한집안일세.
글을 읽느라 늙음이 닥쳐오는 것도 잊고
세상을 등지고 사니 사람들과도 멀어졌네.
한 마리 말 타고 날 찾아왔는데
촌막걸리를 쪽박에 따르기 부끄러워라.

生涯糠粃窄、　　風雨蓬蓬遮。
道氣茅君世、　　仙姿許掾家。
讀書忘老至、　　違世與人賒。
匹馬來相訪、　　村醪愧酌㮨。

<hr>

1) 한나라 때에 모씨 삼형제 영(盈)·충(衷)·고(固)가 함양에서 모산으로
가서 살았는데, 세상 사람들이 그들을 3모군이라고 불렀다. 이들은 각
기 흰 학을 타고 모산 세 군데로 날아가 앉아 대·중·소모군의 3산을 이
뤘으며, 그곳에서 득도하였다.

칠언율시

思菴 朴淳

느낌이 있어 짓다

有感

나라는 황금사발[1] 같아 누가 감히 모욕하랴만
격문[2]이 몹시 황급한 데다 걱정스러운 보고가 많네.
장성은 장사에 의지해 지키는데 인재를 만나기 어렵고
수놓은 겹옷으로 환심 사기에도 일이 또한 우활해라.
남쪽 땅의 군사들은 창해의 귀신이 되고[3]
북방 백성들은 개나 양같이 노예 노릇을 하네.
그들이 들판에서 울며 오랑캐 막으러 가는 것 보고
편안하게 누워 잠자는 썩은 선비인 것이 부끄러워라.

國似金甌誰敢侮。　　羽書何急報多虞。
長城倚壯才難見、　　繡袷通歡事亦迂。
南土士爲滄海鬼、　　北門民作犬羊奴。
看他野哭防胡去、　　自愧安眠臥腐儒。

■
1) 완전하고도 견고하다는 뜻이다.
2) 군사와 신하를 불러 모을 때에 쓰는 글인데, 화급하다는 뜻으로 새 깃을
   꽂아 돌렸기 때문에 우서(羽書)라고 하였다.
3) 배편으로 군사를 보내는 도중에 파선되었다는 뜻이다.

황경문의 시에 차운하다

次黃景文韻

푸른 산봉우리 겹겹이고 물은 멀리 흐르는데
문 앞의 여울가에서 한 가을을 보냈네.
차츰 땅의 성질을 알게 되면서 모르던 풍속 따르고
잠시 초가집 세우며 거친 언덕을 깎았네.
외로운 발자취는 이미 사람 무리에서 멀리 떨어졌지만
호랑이굴에서 여생을 사는 것이 가여워라.
짐작컨대 그대는 재주가 적지 않으니
간화동¹⁾ 안에서 스스로 길이 없으랴.

靑巒疊疊水悠悠。　　門石灘頭度一秋。
漸學土宜隨異俗、　　暫開茅棟剗荒丘。
孤蹤已去人群遠、　　餘齒堪憐虎穴休。
料子致身才不少、　　看花洞裏自無由。

■

* 경문은 황정욱의 자이다.
1) '간화동'은 고유명사인 듯하지만, '꽃을 구경하는 골짜기'라는 뜻으로 생
  각할 수도 있다.

이율곡 만시
李栗谷挽

일찍이 엄명을 받들고 구름 속의 문에서 나와
명군의 시대를 위해 태평을 이루려 하였네.
아침 저녁으로 나라일을 조정했는데[1]
국가가 이제 갑자기 견고한 성을 잃었네.
외로운 무덤이 쓸쓸하게 산나무에 의지하자
만조백관의 입들이 헤매이면서 부평초를 흉내내네.
성군께서도 슬퍼하셔 눈물을 흘리셨으니
황천에서도 임금 은혜로 영광되구나.

曾承嚴召出雲局、　　　欲爲明時致太平。
朝暮佇看調玉鉉、　　　國家今忽喪金城。
孤墳寂寂依山木、　　　百口飄飄學水萍。
聖主軫哀垂雨露、　　　可憐泉下亦恩榮。

■
* 율곡은 선조 17년(1584년)에 죽었는데, 사암과 가장 가까운 벗이었다.
1) 옥현이 위에 있는 까닭은 굳세고 부드러움을 조절하기 위해서이다.[玉
　鉉在上、剛柔節也。] -《주역》〈정괘(鼎卦)〉상사(象辭)
　원문의 옥현(玉鉉)은 옥정(玉鼎)의 솥귀이다. 이 시에서는 율곡이 책임
　있는 지위에서 나라일을 조정했다는 뜻이다. 실제로 그는 동서 당파싸
　움이 시작될 무렵에 그 조정자로 나서기도 하였다.

산마을 민가에 묵다

宿山村民舍

수풀 사이에 민가가 겨우 서너 집 있는데
물 한 줄기가 이리저리 흐르고 만 그루 나무가 울창하구나.
동네 모임에 가면 그들의 예의를 따를 뿐이고
아낙네들은 아직도 옛 의상을 입고 단장하네.
관원에게 바치는 물건이라야 산열매가 많고
나그네에게 차려낸 반찬은 벌집을 쪼개었네.
성군 시대인데도 군사 동원이 잦아서
아전이 봉인한 표시에[1] 따라 야간 호출 바쁜 것이 한스러
워라.

林間村戶纔三四、　　一水縱橫萬木蒼。
里社只循渠禮讓、　　女粧猶着古衣裳。
輸官物色多山果、　　饋客盤餐割蜜房。
獨恨聖時軍旅數、　　吏因封己夜呼忙。

■
1) 원문의 봉기(封己)는 봉기(封記)인데, 봉인한 표시, 즉 징집자 명단을 뜻
한다.

한강에서 용산으로 되돌아가다

自漢江還歸龍山

쉬는 곳을 자주 옮기다 늦가을이[1] 되었는데
또다시 사공을 따라가니 물결이 유유해라.
몸을 지팡이와 나막신에 맡기니 오직 외로운 그림자뿐이라
달빛과 바람 서리가 한 배에 같이 탔네.
창해에 뜨긴 했지만 돌아가기에는 이미 늦었고
일편단심은 꺾이지 않아 죽어야 없어지리라.
임금을 생각하노라니 천 줄기 눈물이 저절로 흘러
차가운 밀물에 얹어 북쪽으로 흘려 보내네.

棲息頻移到抄秋。　　又隨黃帽水悠悠。
身將杖屨唯孤影、　　月與風霜共一舟。
滄海可浮歸已晩、　　丹心未折死應休。
思君自灑千行淚、　　憑寄寒潮向北流。

---

1) 원문의 초(抄)자는 초(杪)자로 고쳐야 한다.

연사의 시에 차운하여 보내다

次寄然師韻 二首

연사는 영평 보장산에 사는데, 나도 영평에 자리잡고 살려 하였다. 연사가 일찍이 우두연의 아름다운 경치를 말하면서, 그 위에 양씨의 정자가 있으니 나더러 그것을 사라고 권하였다. 연사가 이제 그곳으로 옮겨가려 하기에 이 시를 지었다.

내 길은 그지없으니 언제야 쉬랴
동쪽으로 가면 훌륭한 경치 있어 남쪽 지방과 짝하네.
몸은 영욕을 겪느라고 귀밑머리가 더부룩해졌고
꿈은 강물에 한 낚싯배로 들어가네.
취령사의 중은 시구를 다듬는 데 능하고
우두연 정자의 달은 가을에 가장 잘 어울리네.
원숭이와 학에 따라가기를 이미 허락하였으니
외로운 구름에게 말 전해서 날 위해 잠시 머물게 하라.

吾道悠悠可便休。　　東行勝絶敵南州。
身經寵辱雙蓬鬢、　　夢入江潭一釣舟。
鷲嶺寺僧能鍊句、　　牛頭亭月最宜秋。
新盟已許從猿鶴、　　傳語孤雲爲暫留。

한 판에 승부 내겠다고 쉬지 않고 떠들어대며
만나는 사람마다 모두들 형주[1]를 안다고 하네.
맹약하는 단상에서는 초나라와 월나라도 손을 잡지만
평지에 풍파를 일으켜 배를 뒤집네.

돌아가기를 한탄하며 봄풀 시드는 것을 몇 번이나 보았던가.
시골 농사꾼으로 벼꽃 피는 가을을 멀리 생각하였네.
어찌 두강병을 하사하기까지 애써 기다리랴[2]
이미 산 속 스님에게 오래 머문다고 비웃음 당했는데.

一局輸贏鬪未休。　　逢人盡道識荊州。
盟壇楚越還携手、　　平地風波解覆舟。
歸恨幾看春草歇、　　村農遙憶稻花秋。
何勞待賜頭綱餠、　　已被山僧笑久留。

■
1) 형주는 삼국시대에 유비의 촉한이 차지했던 곳인데, 다른 나라가 공략
   하는 목표였다. 동서 당파싸움에 여러 사람들이 끼어들어 훈수 두는 것
   을 뜻한다.
2) 사람들이 내게 물었네. 왜 늑장을 부리느냐고.
   두강차 여덟 덩어리 하사받기를 기다리느냐고.
   士人問我遲留意、　　待賜頭綱八餠茶。
   - 소식 〈걸회계장거문공공걸시(乞會稽將去汶公乞詩)〉
   송나라 조정에서 2월이 되면 새로 나온 두강용상(頭綱龍床)을 여덟 덩
   어리씩 하사하였다. 소동파의 시는 새 차를 하사받기 위하여 2월까지
   돌아가지 않고 기다릴 필요가 있느냐는 뜻이다.

영평에서 여러 가지를 읊다

永平雜詠

두자미가 일찍이 무협의 일을 시로 썼는데
내가 지금 이곳에 오니 그와 같아졌네.
산울타리 세운 곳에선 힘들여 범을 막고
벼랑에서 석청을 거두려면 멀리서 벌이 날아가길 기다리네.
살림하는 아낙네가 거칠고 추한들 무슨 상관이랴
양계[1] 동쪽과 서쪽에 묵은 밭 쪼을 곳이 있네.
가을 모래밭에 저녁노을은 참으로 그림 그릴 만하니
새로 정한 그윽한 거처가 학사풍일세.

子美曾題巫峽事、　　我今來此頗相同。
山籬挿處勞防虎、　　崖蜜收時遠候蜂。
當戶何嫌女矗醜、　　斫畬還有瀼西東。
秋沙晚照眞堪畵、　　新卜幽居學士風。

■
1) 한 시냇물을 더욱 사랑해
   물러난다는 이름을 거기에 남겼네.
   尤愛一溪水、　　而能存讓名。
   양계는 중국 강서성 서창현에 있는데, 당나라 시인 원결(元結)이 그곳
   에 살면서 자신의 호를 양계낭사(瀼溪浪士)라고 하였다. 양(瀼)이라는
   시냇물 이름이 양(讓)이라는 글자와 음이 같아서, 자신이 물러나 살려
   는 뜻을 호에다 붙인 것이다. 이 시에서 영평에 반드시 양계(瀼溪)가 있
   었던 것은 아니다.

우두정에 머물러 자다

寓宿牛頭亭

우두정 물가 집에 자주 묵으니
풍토에 대해 보고 듣는 것이 차츰 많아졌네.
동네 사람들은 늘 호랑이 무서운 이야기를 하고
시냇가 아낙네는 유행하는 화장을 모르네.
숟갈로 나무 허리를 긁어 흰 꿀을 거두고
절구를 마을 밖에서 울려 좁쌀을 찧네.
이 늙은이는 새로 와서 다른 일이 없으니
책상 위에다 먼저 채약방[1]을 펼치네.

累宿牛頭水上堂。　　漸於風土見聞詳。
洞民常道虎豹患、　　溪女不知時世粧。
匙刮樹腰收白蜜、　　杵鳴村外搗黃梁。
老夫新到無他業、　　案上先披採藥方。

■
1) 약초 캐는 방법을 쓴 책이다.

경주부윤으로 나가는 허엽을 배웅하다

送許曄出尹鷄林 二首

아직도 유술로 임금을 돕지 못하고
세 차례나 동어[1]를 차서 귀밑머리가 반이나 희어졌네.
서울을 떠나 가을 기러기 따라서 멀리 가니
임금께서 맡기신 땅은 독기 어린 황무지로 둘렸네.
오랫동안 영욕과 맞서며 날아 떨어지는 기왓장처럼 여겼고[2]
가슴속의 경륜을 단련한 강철에 비겼네.
들판 객관에는 노란 국화가 이미 피었을 텐데
공은 어느 곳에서 중양절을 지내게 되려나.

未將儒術佐君王。　　三佩銅魚鬢半蒼。
去國身隨秋鴈遠、　　分憂地拱瘴烟荒。

■
* 허엽(1517~1580)의 자는 태휘(太輝)이고, 호는 초당(草堂)이다. 화담
서경덕의 문인이어서 사암과는 동문이지만, 사암은 서인의 영수가 되고
초당은 동인의 영수가 되어 당파싸움에서는 대립되기도 하였네. 명종 1
년(1546년) 문과에 급제하여 대사간·부제학을 거쳐 경상도관찰사까지
지냈다.
1) (황제에게) 부름 받은 자들에게는 모두 묵칙(墨敕)을 내렸으며, 동어목
계(銅魚木契)를 맞춰본 뒤에야 들여보냈다. -《당서》〈백관지〉
동어(銅魚)는 구리로 만든 물고기 모양의 부(符)이다.
2) 기왓장이 자기에게 날아 떨어져도 성내지 않았다는 뜻인데, 허엽은 임
금에게 격렬히 바른말을 하다가 여러 차례 파직 당하였다.

久抃寵辱齊飄瓦、　　惟把禁懷托鍊鋼。
野舘黃花開已遍、　　問公何處度重陽。

평생 동안 가장 두텁게 사귀었는데
말로에 서로 보니 뜻이 더욱 진실하네.
조령 구름을 넘으며 말을 꾸짖는³⁾ 그대는 명을 믿는데
가을풀 속에 문 닫고 들어앉았으니 나는 가난을 잊고 있네.
한 해가 저물어 가는데 시든 귀밑머리에 놀라
술단지 가지고 와서 나누며 이 하루를 아쉬워하네.
구슬나무 같은 그대가 그리우니 어느 날에야 만나랴
달필로 몇 글자 자주 써 보내기를 사양치 말게나.

平生交義最情親。　　末路相看意更眞。
叱馭嶺雲君信命、　　閉門秋草我忘貧。
年華晼晚驚衰鬢、　　樽酒携分惜此辰。
瓊樹相思何日見、　　銀鉤數字莫辭頻。

■
3) 지방으로 좌천되었다고 원망하지 않고 꿋꿋하게 임지로 나아가는 모습
을 그린 것이다.

부록

思菴
朴淳

연보

※《사암집》권5에 실린 이선의 〈행장〉을 참조하여 작성하였다.

• 1523년(중종 18년) 10월 _ 박우(朴祐)와 당악 김씨의 맏아들로
  나주에서 태어났다. 자는 화숙(和叔)이고, 호는 처음에 청하
  자(靑霞子)라고 했다가, 뒤에 사암(思庵)이라고 하였다. 충주
  박씨는 충청도에 오래 살았지만, 사암의 할아버지가 부인의
  고향인 광주로 이사왔다가, 아버지가 다시 부인의 고향인 나
  주로 이사왔다. 이때부터 사암의 집안이 전라도 사람이 되었
  다. 아버지의 호는 육봉(六峯)인데, 기묘사화의 명현 눌재 박
  상의 아우이다.
• 1528년 6세 _ 어머니가 돌아가신 뒤에, 광주 서모의 집에 맡
  겨져 양육되었다.
• 1530년 8세 _ 시를 읊으면 사람들이 놀랐다.
• 1540년 18세 _ 진사에 합격하였다. 화담 서경덕에게 가서
  글을 배웠다.
• 1547년 25세 _ 부친상을 당하였다.
• 1553년 31세 _ 문과에 응시하여《중용》을 강론하고 장원급
  제하였다. 성균관 전적(정6품)에 임명되었다가, 곧 공조좌랑
  (정6품)으로 옮겼다.
• 1558년 36세 _ 병조에서 이조좌랑(정6품)으로 옮겼다가, 홍

문관 수찬(정5품)·교리(정5품)·이조정랑(정5품)으로 옮겼으며, 호당에서 사가독서(賜暇讀書)하였다.

- 1559년 37세 _ 명종이 취로정에 행차하여 여러 신하들에게 강론하고 글을 짓게 하였는데, 사암도 참여하였다.
- 1560년 38세 _ 정월에 의정부 검상(정5품)에 임명되었다가, 곧 사인(정4품)으로 승진되었다. 가을에 재상어사로 호서를 돌아보고, 10월에 사복시 부정(종3품)에 임명되었다.
- 1561년 39세 _ 봄에 홍문관 응교(정4품)에 임명되었지만, 5월에 특명으로 파직되어 나주로 돌아왔다. 그때 옥당에서 임백령의 시호를 의논하였는데, 사암이 그를 낮게 평가하여 '소공(昭恭)'이라고 올렸다가 탄핵 당했던 것이다. 12월에 한산군수(종4품)에 임명되었다.
- 1563년 41세 _ 7월에 성균관 사성(종3품)에 임명되었다가 9월에 시강원 보덕(종3품)으로 승진하였으며, 겨울에 사헌부 집의(종3품)에 임명되었다.
- 1564년 42세 _ 정월에 홍문관 직제학(정3품)으로 옮겼다가, 윤2월에 통정대부 승정원 동부승지(정3품)로 승진하였으며, 통례대로 좌승지(정3품)까지 승진하였다. 10월에 이조참의(정3품)에 임명되었다.
- 1565년 43세 _ 정월에 성균관 대사성(정3품)·사간원 대사간(정3품)에 임명되었다. 4월에 문정왕후가 세상을 떠나자, 요승 보우의 죄를 논하여 외딴 섬으로 유배 보냈다. 8월에는 외척 윤원형의 죄를 논하여 시골로 돌아가게 하였다. 겨울에 사헌부 대사헌(종2품)에 임명되고, 가선대부(종2품)에 올랐으며, 다시 한성부 우윤(종2품)에 임명되었다.
- 1566년 44세 _ 봄에 동지중추부사(종2품)에 임명되었다가, 6월에 다시 부제학(정3품)과 대사헌에 임명되었다. 이듬해에

도 이 자리에 두어 번 다시 임명되었다.

- 1567년 45세 _ 6월에 예조참판(종2품)에 임명되었다.
- 1568년 46세 _ 명나라에서 태감 장조와 행인 구희직을 명종의 시제 때문에 사신으로 보내자, 접반사가 되었다. 홍문관·예문관 대제학(정2품)을 겸하고, 자헌대부 한성부 판윤(정2품)에 특별히 임명되었다. 7월에 조사 성헌이 서울에 들어오자 의주로 돌아갈 때까지 접반사와 반송사가 되었다. 장계를 올려 대제학을 퇴계 이황에게 돌려 달라고 청해, 마침내 제학(종2품)으로 내려갔다. 곧 퇴계가 사양하자, 다시 사암이 대제학이 되었다. 7월에 이조판서(정2품)에 임명되었다.
- 1570년 48세 _ 봄에 겸직을 사퇴하여, 예조판서만 맡았다.
- 1571년 49세 _ 정월에 실록 봉안관으로 호남에 내려갔으며, 6월에 참찬(정2품)이 되었다가, 다시 이조판서에 임명되었다. 가을에 숭정대부 의정부 좌찬성(종1품)에 특별히 임명되었다.
- 1572년 50세 _ 봄부터 겸직인 대제학을 사퇴하게 해달라고 청하였지만, 임금이 끝내 허락하지 않았다. 7월에 영의정 이준경이 세상을 떠나자, 대광보국숭록대부 의정부 우의정(정1품)에 올랐으며, 겸직은 계속하였다. 8월에 등극사로 연경에 갔다.
- 1573년 51세 _ 2월에 조정으로 돌아와, 3월에 좌의정(정1품)으로 승진하였다.
- 1574년 52세 _ 3월에 좌의정에서 사퇴하고 판중추부사(종1품)에 임명되었지만, 다섯 차례나 아뢰어 사임하였다. 4월에 영중추부사(정1품)로 승진하였으며, 7월에 좌의정이 되었다.
- 1576년 54세 _ 겨울에 사퇴하여 판중추부사가 되었다가, 곧 영중추부사로 올랐다.

- 1578년 56세 _ 3월에 판중추부사로 내려갔다가, 다시 영중추부사로 올랐다.
- 1579년 57세 _ 2월에 영의정(정1품)에 올랐다.
- 1583년 61세 _ 2월에 경원의 오랑캐 니탕개가 반란을 일으키자, 3월에 많은 인재들을 추천하였으며, 7월에 병조판서를 겸하였다.
- 1585년 63세 _ 여름에 스스로 사퇴하고 영중추부사가 되었다가, 홍문관 수찬 정여립의 탄핵을 받고 영중추부사에서도 해직되어 용산으로 돌아가 쉬었다.
- 1586년 64세 _ 가을에 휴가를 청해 영평현 초정으로 목욕하러 갔는데, 임금이 내관을 보내 술과 호피를 하사하였다. 백운산 시냇가에 집을 짓고 살았으며, 겨울에 상소하여 관직을 사퇴하였다.
- 1587년 65세 _ 임금이 의원을 보내 치료하게 하였으며, 세 차례나 교지를 내려 불렀지만 끝내 올라오지 않았다.
- 1589년 67세 _ 7월 백운산 시냇가에서 세상을 떠났다. 10월에 종현산 동쪽 언덕에 장사지냈다.

原詩題目 찾아보기

옮긴이 **허경진**은 연세대학교 국어국문학과를 졸업하고,
같은 대학원에서 문학박사 학위를 받았다. 목원대학교 국어교육과 교수와
열상고전연구회 회장을 거쳐, 연세대학교 국문과 교수를 역임했다.
《한국의 한시》 총서 외 주요저서로는 《조선위항문학사》, 《허균 평전》,
《허균 시 연구》, 《대전지역 누정문학연구》,
《성호학파의 좌장 소남 윤동규》 등이 있고,
옮긴 책으로는 《연암 박지원 소설집》, 《매천야록》,
《서유견문》, 《삼국유사》, 《택리지》, 《허난설헌 시집》,
《주해 천자문》, 《정일당 강지덕 시집》 등 다수가 있다.

韓國의 漢詩 24
思菴 朴淳 詩選

초   판 1쇄 발행일   1998년 1월 15일
개 정 판 1쇄 발행일   2023년 9월 20일

옮 긴 이   허경진
만 든 이   이정옥
만 든 곳   평민사
           서울시 은평구 수색로 340 〈202호〉
           전화 : 02) 375-8571
           팩스 : 02) 375-8573
           http://blog.naver.com/pyung1976
           이메일   pyung1976@naver.com
등록번호   25100-2015-000102호
ISBN   978-89-7115-029-0   04810
           978-89-7115-476-2   (set)
정   가   14,000원